LEITURA E ANOTAÇÕES

Brigitte Chevalier

LEITURA E ANOTAÇÕES
Gestão mental e aquisição de métodos de trabalho

Tradução
MARIA STELA GONÇALVES

Revisão de tradução
ANDRÉA STAHEL M. DA SILVA

Martins Fontes
São Paulo 2005

Esta obra foi publicada originalmente em francês com o título
LECTURE ET PRISE DE NOTES por Éditions Nathan, Paris.
Copyright © 1992 by Éditions Nathan, Paris.
Copyright © 2005, Livraria Martins Fontes Editora Ltda.,
São Paulo, para a presente edição.

1ª edição
junho de 2005

Tradução
MARIA STELA GONÇALVES

Revisão da tradução
Andréa Stahel M. da Silva
Acompanhamento editorial
Luzia Aparecida dos Santos
Revisões gráficas
Mauro de Barros
Marisa Rosa Teixeira
Dinarte Zorzanelli da Silva
Produção gráfica
Geraldo Alves
Paginação/Fotolitos
Studio 3 Desenvolvimento Editorial

Dados Internacionais de Catalogação na Publicação (CIP)
(Câmara Brasileira do Livro, SP, Brasil)

Chevalier, Brigitte.
 Leitura e anotações : gestão mental e aquisição de métodos de trabalho / Brigitte Chevalier ; tradução Maria Stela Gonçalves ; revisão de tradução Andréa Stahel M. da Silva. – São Paulo : Martins Fontes, 2005. – (Ferramentas)

 Título original: Lecture et prise de notes.
 ISBN 85-336-2092-6

 1. Apontamentos 2. Leitura – Métodos 3. Métodos de estudo I. Título. II. Série.

05-0483 CDD-418.4

Índices para catálogo sistemático:
1. Leitura e anotações : Lingüística aplicada 418.4

Todos os direitos desta edição para o Brasil reservados à
Livraria Martins Fontes Editora Ltda.
Rua Conselheiro Ramalho, 330 01325-000 São Paulo SP Brasil
Tel. (11) 3241.3677 Fax (11) 3101.1042
e-mail: info@martinsfontes.com.br http://www.martinsfontes.com.br

A meus filhos,
A "meus" estudantes

Sumário

Introdução 1

Módulo de lançamento: Conhecer-se melhor para melhor explorar seus recursos intelectuais 5
Treinamento 24
O módulo em esquemas 27

Módulo 1: Multiplicar seu potencial de leitura 29
1. A leitura desvelada 30
2. Ler com antecipação 42
   Treinamento 44
3. Adquirir um olhar preciso 46
   Treinamento 48
4. Adquirir um olhar panorâmico 52
   Treinamento 57
5. Adquirir um olhar ágil 62
   Treinamento 64
6. Passar à velocidade superior 66
   O módulo em esquemas 74

MÓDULO 2: MANEJAR AS ESTRATÉGIAS DE LEITURA
SELETIVA 75
1. Explorar 75
   Treinamento 80
2. Filtrar 81
   Treinamento 88
3. Localizar 91
   Treinamento 96
   O módulo em esquemas 105

MÓDULO 3: REGISTRAR SUAS LEITURAS 107
1. A leitura aprofundada 108
   Treinamento 118
2. Fazer anotações 120
   Treinamento 148
   O módulo em esquemas 150

SOLUÇÕES 153

CONCLUSÃO 171

Introdução

Objetivos

Este livro tem como objetivo permitir a todos os que estudam **adquirir métodos de trabalho eficazes**, em particular nos domínios da leitura e da elaboração de anotações. Numerosas pesquisas, realizadas tanto na França como no exterior, deixaram claro que a eficácia e a variedade das estratégias utilizadas pelo estudante constituem um dos principais fatores de êxito na Universidade.

Estratégia

Nem todos os indivíduos são idênticos: o que convém a um pode não convir a outro. A aquisição de métodos adaptados passa pelo conhecimento de si. Como seu "ofício" consiste essencialmente em enriquecer seus saberes, pareceria normal que lhe fossem ensinados os gestos mentais necessários à compreensão, à atenção, à memorização... A realidade mostra que não é isso que acontece, com raras exceções. Os setores mais diversos são abordados, salvo aquele que o toca mais de perto: você, sua gestão mental. Por isso este livro propõe uma estratégia inversa. Antes de oferecer-lhe informações sobre a leitura, sobre a elaboração de anotações, antes de levá-lo a isso, ele o conduz a **descobrir**, no módulo de lançamento, seu **estilo de aprendizagem preferencial**. Este esclarecimento lhe permitirá tirar maior proveito desta obra e, de modo mais geral, melhor **explorar seu potencial intelectual**. Você estará assim mais bem "equipado" para sair-se bem nos estudos e, depois, na vida profissional.

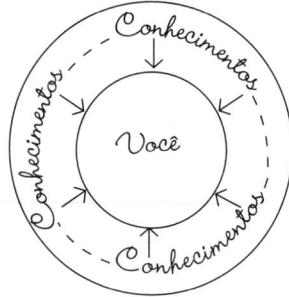

Esquema habitual do ensino: os conhecimentos chegam de toda parte, mas como explorá-los?

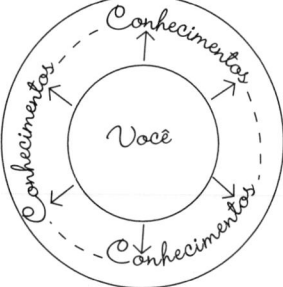

Esquema adotado neste livro: você é que caminhará na direção dos conhecimentos, apto a geri-los do modo que melhor lhe convier.

Estrutura e concepção

Você encontrará neste livro:

– **testes** graças aos quais poderá situar-se;
– **partes informativas** destinadas a destacar os procedimentos a serem empregados para desenvolver suas faculdades;
– **itinerários metodológicos**;
– **conjuntos de treinamento com suas soluções** (p. 153).

Para dar a cada um a possibilidade de apreender a informação pelo canal mais eficaz para si, explicações e métodos são escritos numa **dupla linguagem**: a das palavras e a das imagens. Depois de determinar por intermédio do teste da página 5 o seu perfil cerebral dominante, você poderá abordar cada módulo de maneira diferenciada:

– os "cérebros esquerdos" começarão pela leitura do texto;
– os "cérebros direitos" começarão pela leitura dos esquemas situados no final de cada módulo.

MÓDULO DE LANÇAMENTO: CONHECER-SE MELHOR PARA MELHOR EXPLORAR SEUS RECURSOS INTELECTUAIS

Você está no centro da aprendizagem. Por isso este módulo, que constitui o pano de fundo de toda a obra, tem início por um teste que lhe permitirá situar seu modo de gestão mental preferencial. Ele se propõe em seguida, graças ao conhecimento do funcionamento cerebral, conduzi-lo a pôr em prática as estratégias necessárias à mobilização de todas as suas faculdades e, assim, contribuir para o êxito de seus estudos.

TESTE:
QUAL É SEU PERFIL CEREBRAL DOMINANTE?

Circunde o número ou anote sua resposta: a ou b.
1. Quando pede informações sobre um caminho a alguém, você prefere:
    a. que a pessoa faça um mapa para você;
    b. que a pessoa lhe explique o caminho (2.ª à esquerda etc.).

2. Quando conhece uma pessoa, você recorda mais facilmente:
   a. seu rosto;
   b. seu nome.
3. Pense num acontecimento que o marcou... O que lhe veio de início ao espírito?
   a. você reviu o lugar, as pessoas;
   b. você voltou a escutar as palavras pronunciadas, evocou o ambiente sonoro.
4. Quando prepara uma dissertação, como você procede para encontrar idéias?
   a. deixa as idéias vir aos borbotões, sem ordem;
   b. explora sistematicamente todas as pistas possíveis.
5. Para calcular mentalmente 54 + 17, você tende a:
   a. ver os números em sua cabeça como se esboçasse a operação;
   b. dizer (em voz alta ou baixa) 4 + 7 = 11, vai 1 etc.
6. O que você prefere?
   a. as disciplinas literárias;
   b. as disciplinas científicas.
7. O que você prefere?
   a. geografia;
   b. história.
8. No âmbito da matemática, você se sente mais à vontade:
   a. com a geometria;
   b. com a álgebra.
9. Quando aprende a ortografia de uma palavra (em português ou em outra língua):
   a. você a fotografa mentalmente;
   b. você a soletra ou a pronuncia (em voz alta ou baixa).

10. Se viaja, você tende a:
    a. não programar demasiadamente a viagem;
    b. preparar seu itinerário minuciosamente.
11. Numa sala de cinema, você prefere sentar-se:
    a. ligeiramente à direita da tela;
    b. ligeiramente à esquerda da tela.

Interpretação do teste

Conte os **a** e os **b**. Se os **a** prevalecem, é o cérebro direito que predomina em você; se os **b** aparecem em maior número, é o cérebro esquerdo (ver pp. 16-7). Essa tendência é mais ou menos marcada de acordo com o número de **a** ou de **b**. Você encontrará, em todo o decorrer deste livro, conselhos que lhe permitirão adaptar seus métodos à sua personalidade. Você aprenderá a melhor tirar partido de seu modo cerebral preferencial, desenvolvendo ao mesmo tempo o modo mais discreto.

Os "cérebros direitos" poderão de início remeter-se aos esquemas que figuram no final dos módulos a fim de visualizar o conteúdo. Veremos como isso é importante para eles[1].

---

1. Para a questão 11, ver soluções p. 153.

1
Ontem, a caixa-preta

Por muito tempo as possibilidades de compreender o funcionamento cerebral permaneceram limitadas. De um lado estavam os biólogos, os médicos que estudavam o aspecto material do cérebro, por dissecção. Trabalhavam com cérebros mortos, daí o nome "massa cinzenta" dado ao córtex cerebral[2]. De outro lado, os psicólogos estudavam o aspecto espiritual com base em pessoas vivas, mas não conseguiam chegar ao interior da caixa-preta.

O fim do século XIX assistiu à descoberta das localizações cerebrais. Em 1865, Paul Broca, tendo operado portadores de lesões, estabeleceu que as lesões que atingiam a parte esquerda do cérebro produziam quase sempre perturbações da fala, enquanto as lesões da parte direita acarretavam perturbações da orientação espacial. A idéia segundo a qual os dois hemisférios do cérebro não possuíam as mesmas funções vinha à luz.

2
Hoje, o cérebro plenamente iluminado

A partir de 1970, as pesquisas sobre o cérebro conheceram um desenvolvimento espetacular; em

---

2. Na realidade, o córtex cerebral só é cinzento nos cadáveres; nos seres vivos, é rosa.

vinte anos, aprendemos mais do que em vinte séculos. Esses progressos puderam ser realizados graças à invenção de novas técnicas que permitem seguir o funcionamento do cérebro humano em ação, ver as zonas mobilizadas nesta ou naquela situação.

As pesquisas no âmbito das neurociências, que passaram por um prodigioso desenvolvimento, deram origem à neuropsicologia. Essa nova disciplina estabelece doravante o vínculo entre a neurologia, ciência da matéria viva, e a psicologia, ciência do espírito. Ela se mostra repleta de aplicações no domínio do trabalho intelectual. Explorar essas aplicações e descobrir como funciona nosso cérebro constitui o objetivo deste módulo.

3
A abordagem vertical: o cérebro em três estágios

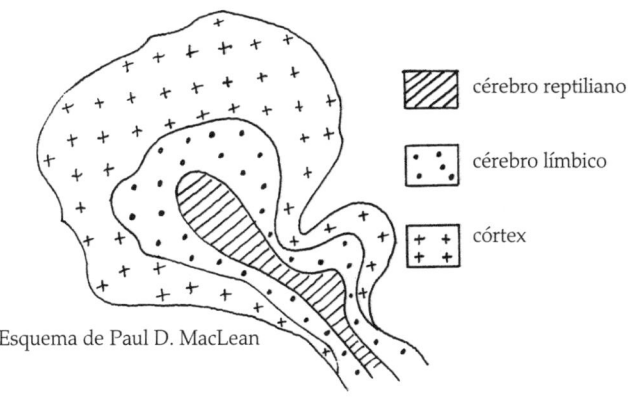

Esquema de Paul D. MacLean

Três cérebros apareceram sucessivamente no decorrer da evolução da espécie humana. Foi o que puseram em evidência os trabalhos do professor Paul D. MacLean.

O cérebro reptiliano

O cérebro reptiliano, também denominado cérebro primitivo, é o mais antigo. Trata-se do cérebro dos peixes, dos lagartos, de alguns vertebrados inferiores.

Sua principal função consiste em assegurar a **sobrevivência** do indivíduo e da espécie. Ele comanda portanto as necessidades básicas (fome, sede, sono, pulsões sexuais...) e os reflexos de defesa (fuga, agressividade...).

Esse cérebro, espécie de piloto automático, é incapaz de adaptação. Age de um modo único, estereotipado.

Todos os gestos instintivos são do âmbito do cérebro reptiliano: sugar o polegar, coçar o nariz, roer as unhas, erguer o braço para proteger-se... Encontra-se também a presença desse cérebro em alguns hábitos como sentar-se sempre no mesmo lugar nas aulas, marcar seu "território" (carro, escritório...) com objetos pessoais.

"Barriga vazia não tem ouvidos" é um provérbio que convém perfeitamente ao cérebro reptiliano.

O cérebro límbico

O cérebro límbico (do latim *limbus*, borda) circunda o cérebro reptiliano. Tem o tamanho de uma maçã pequena. É o cérebro parecido com o dos mamíferos: vacas, macacos, golfinhos... Costuma-se denominá-lo sistema límbico.

Seu domínio é o da **afetividade**. Ele se deixa facilmente invadir pelas emoções, sendo então impermeável à lógica. Quando está verde de medo, rosado de prazer, vermelho de raiva, você está sob influência do seu sistema límbico.

Seu papel essencial consiste em **filtrar as informações** em função dos sentimentos vivenciados. Sempre que é recebida por nossos sentidos, uma informação transita pelo cérebro límbico. Ele a compara com o estoque das informações registradas.

Se a comparação lhe traz lembranças agradáveis, ele transmite de bom grado a informação ao córtex, que se prepara para agir nas melhores condições. Por exemplo, você fez um relatório que lhe valeu felicitações: você se acha inteiramente disposto a empreender um novo trabalho desse tipo.

Se a comparação reaviva recordações desagradáveis, o sistema límbico assume uma posição de defesa e pode chegar a impedir a passagem. O córtex talvez nunca veja a cor da informação.

Se a comparação não desperta nenhum sentimento particular, o sistema límbico deixa passar, mas não mobiliza de modo especial o córtex. É o que ocorre com as situações da vida cotidiana.

O sistema límbico tem como objetivo, ao selecionar as informações, preservar nosso equilíbrio, tanto físico como psíquico. Nesse sentido, é muito útil, pois nos protege. Pode todavia constituir um freio. Tudo o que é desconhecido, estranho, é para ele suspeito *a priori*, e ele tende a renovar as experiências favoráveis. Por conseguinte, funciona com base em esquemas preestabelecidos. Se são necessários, esses comportamentos padronizados são às vezes limitados. Quando a resposta condicionada prevalece sistematicamente sobre a resposta advinda do raciocínio, o indivíduo reproduz sempre as mesmas estruturas: praticamente não pode avançar, inovar.

"Gato escaldado tem medo de água fria" – esse é um provérbio que se adapta bem ao sistema límbico[3].

O córtex

O córtex ou cérebro superior é o último na ordem de aparecimento; ele nos distingue de outros mamíferos. Tanto por seu volume como por suas funções, trata-se do cérebro mais importante. Graças a ele, podemos:
– falar;
– analisar, classificar, combinar, sintetizar informações;

---
3. Foi um estudante que apresentou essa idéia.

– resolver problemas;
– mostrar estratégia, decisão;
– inventar.

Ao contrário dos dois cérebros anteriores, o córtex permite, diante de uma situação, ter uma resposta original, desvinculada de estereótipos. Ele pode agir sobre sua própria evolução, corrigir seus erros, adaptar-se, progredir.
Esses três estágios não são separados, mas sobrepostos.

4
Conseqüências: tríptico para o sucesso

Tenha confiança em você

Para aprender, é necessário crer em si, em suas possibilidades. O impacto da atitude mental é imenso. Lembre-se do pequeno Jacques Eyssette (Alphonse Daudet, *Le Petit Chose*). Seus pais não cessavam de repetir-lhe que era desastrado, que se daria mal. E ele efetivamente se deu mal... Lembre-se daquele aluno persuadido de que era ruim em matemática: ele veio a sê-lo, já que nem mais tentou compreender sequer o menor problema. As profecias negativas se realizam, mas, tranqüilize-se, as profecias positivas se realizam com maior facilidade ainda.

Você está agora em melhores condições de apreender o processo. Viu que o sistema límbico deixa passar apenas o que convém. Ele conserva os vestígios das situações vividas anteriormente e, quando uma situação nova se apresenta, ele compara[4]. Se o resultado é positivo, envia as informações ao córtex, que entra em ação: todas as funções intelectuais se harmonizam para levar a termo a operação. Se o resultado é negativo, o programa é retardado, até inibido.

Para romper as estruturas nefastas e substituí-las por estruturas favoráveis, há um único meio: aceitar o desafio, obter um primeiro êxito no domínio em que passamos por dificuldades. Como chegar a isso? Tomemos um exemplo.

Você teme fazer uma exposição na aula? Treine-se progressivamente para tomar a palavra. Documente-se sobre um tema pouco conhecido por seu entorno e que você deseja aprofundar (por que não o funcionamento cerebral?). Um dia, à mesa, evoque o assunto em algumas frases. Você sem dúvida se beneficiará de uma escuta atenta que tranqüilizará seu sistema límbico. Algum tempo depois, na casa de um de seus amigos, desenvolva um pouco mais longamente o tema; responda às perguntas que você não deixará de suscitar. Pouco a pouco, você chegará a exprimir-se sem medo diante de um auditório

---

[4]. Em sua obra *Les comportements* (Masson, 1979), H. Laborit fala de B.I.S., Behaviour Inhibiting System, ou Sistema inibidor de comportamento.

cada vez maior, terá vencido seu temor: uma vez retirado o bloqueio, o caminho estará livre.

Pense que, independentemente de qualquer dificuldade, seja qual for a disciplina estudada, cabe a você fixar **objetivos próximos e realistas**. Com muita freqüência, duvidamos de nossas possibilidades porque fomos demasiadamente ambiciosos no início. Se você lê 220 palavras por minuto, preveja chegar a 250 palavras após algumas sessões de treinamento, e não a 300!

Elabore um plano de ação

O sistema límbico tem não só medo do estresse mas também do desconhecido... Encontrar-se diante de uma tarefa imensa sem pontos de referência causa nele profundo desagrado. Estabeleça, pois, uma programação clara, pontuada de prazos precisos. Esse contrato consigo mesmo o tranqüilizará, sob a condição, mais uma vez, de não queimar as etapas.

Alimente sua motivação

A aprendizagem depende em grande parte de sua motivação inicial. Essa motivação não pode nascer senão de um sentimento de prazer ou, ao menos, de expectativa com relação ao que se estuda. Nenhuma dificuldade no que diz respeito às matérias que você aprecia. Que fazer no que se refere às outras? Com o córtex no comando, tente evidenciar o interesse da disciplina. Como não pode evitá-la, identifique os seus aspectos positivos: qual a sua utilidade para seu curso? Qual a sua contribuição para você? Por isso é primordial ter um **projeto** no sentido etimológico do termo: "que é lançado à frente". A evocação desse projeto o ajudará nos momentos de dúvida.

Esse projeto pode evidentemente ser a profissão que você quer exercer ao final de seus estudos. Mas talvez você não tenha escolhido com exatidão. Seu objetivo será então um bom resultado nos exames, seu enriquecimento pessoal. Se um dia você estiver um pouco confuso/atrapalhado, aconselhe-se com um orientador, com um professor, "esquadrinhe" os folhetos de informação...

Por outro lado, não se esqueça de apoiar-se nos progressos realizados. Existe uma Motivação com um M maiúsculo, mas também motivações com m minúsculos. Atingir um objetivo, mesmo de alcance limitado, é um poderoso fator de motivação que o impele à etapa seguinte.

5
A abordagem horizontal: cérebro esquerdo, cérebro direito

O cérebro, tal como uma noz, divide-se em duas partes. Essas duas partes, aparentemente idênticas, parecem ter cada uma sua especificidade, como demonstraram numerosas pesquisas, em particular as do professor R. W. Sperry, na Califórnia.

O cérebro esquerdo

O cérebro esquerdo, ou hemisfério esquerdo, é o domínio da **linguagem**, da fala. É ele que nos permite designar uma pessoa ou um objeto por seu nome, descrever uma situação com palavras.

É o domínio da **análise**, do tratamento linear, passo a passo. Para compreender as informações, esse cérebro as examina uma por uma: ele executa seqüência após seqüência. Portanto, o tempo é um componente importante para ele.

É o domínio da **lógica**, do raciocínio. Apóia-se nos fatos que analisou para deles extrair conclusões: ele deduz.

Em conseqüência, o cérebro esquerdo está à vontade nas disciplinas científicas de dominante linguageira e racional (matemática, física etc.).

O cérebro direito

O cérebro direito, ou hemisfério direito, é o domínio das **imagens**, do espaço. As palavras têm pouca importância para ele, que prefere um bom esboço a um longo discurso.

É o domínio da **síntese**. Enquanto o cérebro esquerdo separa os elementos, o cérebro direito combina os elementos para criar um conjunto. Sua percepção é global. Mais do que as diferenças, ele vê as semelhanças, as relações, as associações, e constrói estruturas.

Se o cérebro esquerdo é lógico e faz uma coisa por vez, o cérebro direito é sobretudo **analógico** e trata várias informações ao mesmo tempo. Ele é o domínio da **intuição** criadora, da imaginação, da emoção.

Por conseguinte, o cérebro direito prefere as disciplinas literárias e artísticas às disciplinas científicas.

O lado esquerdo do corpo humano é controlado pelo hemisfério direito e o lado direito, pelo hemisfério esquerdo. No que se refere à visão, cada olho envia a informação aos dois hemisférios. A metade esquerda do campo visual é vista pelo hemisfério direito, enquanto a metade direita é percebida pelo hemisfério esquerdo nos sujeitos "normais".

Cérebro esquerdo (ou hemisfério esquerdo)	Cérebro direito (ou hemisfério direito)
auditivo	visual
analítico	sintético
racional	intuitivo
lógico	analógico
linear	global
temporal	espacial
seqüencial	simultâneo
sensível às diferenças	sensível às semelhanças

Dois cérebros em interação constante

Os dois cérebros representam duas maneiras diferentes de apreender o mundo e os outros: o modo esquerdo e o modo direito.

Em geral, cada um de nós tem um hemisfério que predomina sobre o outro. Esse predomínio é fruto tanto da aquisição (cultura, aprendizagem) como da natureza (inato, hereditariedade). As diferenças psicológicas entre indivíduos se explicam em grande parte pelo modo de funcionamento cerebral.

Graças ao funcionamento específico de cada hemisfério, temos à nossa disposição **duas formas diferentes e complementares de tratar a informação**:
– um tratamento linear, analítico, que administra as palavras;
– um tratamento global, espacial, que administra as imagens e as estruturas.

Em toda ação bem-sucedida, os dois cérebros precisam colaborar. Ambos são indispensáveis para pensar eficazmente. É sua complementaridade que permite ao homem utilizar todas as suas faculdades e adaptar-se.

Para que os dois hemisférios desempenhem plenamente seu papel, é preciso solicitá-los. Quando da aprendizagem de uma operação intelectual (ou de um gesto), a informação segue certo trajeto através das conexões neuronais[5]. Esse trajeto é gradualmente traçado e se estabiliza: uma estrutura aparece. Essa via neuronal é criada por práticas repetidas. As vias mais percorridas se consolidam, enquanto as outras tendem a desaparecer. Aí está o perigo. Se, por preferência ou necessidade numa situação dada, o cérebro esquerdo foi utilizado e não o cérebro direito, tendemos, por segurança, a recorrer a ele em ocasiões semelhantes (o sistema límbico, é claro...). Na ausência de solicitação, o cérebro direito perderá uma parte de suas faculdades, tal como um campo não cultivado se torna estéril: a via neuronal se apagará.

O sistema escolar privilegia a abordagem linear e analítica. A primazia é das disciplinas científicas e não das literárias. Quanto às disciplinas artísticas, são relegadas ao último plano. Portanto, o cérebro esquerdo é com freqüência mobilizado, ao passo que o cérebro direito permanece adormecido. Quando se trata de realizar uma síntese, de encontrar idéias para uma dissertação e, de modo mais geral, em todos os casos em que o cérebro direito deve assumir a primazia, a tarefa não é absolutamente fácil...

....
5. Os neurônios, nome dado em 1891 por um médico, Wilhelm Waldeyer, são as células do cérebro. O número de neurônios chega a mais de 100 bilhões.

6
Conseqüências: utilizar todo o seu cérebro

Parta de sua preferência cerebral

No início deste módulo, você fez um teste que evidenciou seu modo de pensamento preferencial: esquerdo ou direito. É importante conhecer sua capacidade dominante para recorrer prioritariamente a ela sempre que você abordar uma noção nova, em particular se essa noção lhe parece complexa.

Se funciona no modo esquerdo, você precisa de palavras para compreender e para memorizar. A ancoragem e a recordação das informações se fazem mediante a evocação auditiva, a repetição mental do conteúdo do texto ou da aula. Assim, antes de tentar resolver o problema ou compreender o teorema, comece por descrever a figura geométrica, por comentá-la.

Se funciona no modo direito, você precisa representar visualmente as informações para compreender e para memorizar. Os desenhos, os esquemas, os esboços, os mapas são para você ajudas consideráveis. Da mesma forma, a disposição material de um texto, a tipografia, as cores assumem uma importância primordial. A ancoragem e a recordação das informações são feitas por meio da evocação visual, da revisão do conteúdo. Por conseguinte, traduza sempre as informações para um modo administrável visualmente.

Você também pode recorrer a metáforas, a imagens mentais, estabelecer associações: "Isto se assemelha a..., isto me faz pensar em..." Por exemplo, "o aprendiz é como um aparelho de televisão: pode receber a informação por vários canais, mas em geral prefere um canal a outro".

Você compreende agora por que escrevi este livro utilizando uma dupla linguagem: a linguagem das palavras para os cérebros esquerdos, os auditivos, e a linguagem das imagens para os cérebros direitos, os visuais.

Mas utilize também o outro modo

Seu cérebro funciona preferencialmente com base num modo (direito ou esquerdo), mas isso não significa em absoluto que você não possa fazer funcionar o outro. Se é importante partir de seu hemisfério dominante para abordar uma tarefa delicada, não é menos importante treinar sistematicamente o hemisfério mais "apagado".

Utilizar o duplo cérebro permite uma **melhor compreensão** e uma **melhor memorização**. Foi provado que, quanto mais numerosas são as vias de acesso à informação, tanto mais sólidas são as aquisições. No momento da recordação, você dispõe de várias possibilidades para recuperar a informação. Num caso, uma imagem brotará espontaneamente; em outro, uma palavra, uma frase.

De todo modo, utilizar o duplo cérebro permite descobrir novas estratégias, novos recursos e, assim, **explorar plenamente seu potencial intelectual** e desenvolver-se.

Como ativar o cérebro total – aplicações práticas

Tomemos o caso do estudo de uma aula. Pense em repetir e rever mentalmente, em rever e repetir numa dialética constante cérebro direito – cérebro esquerdo. Você está diante de um gráfico. Observe-o, depois faça-o falar: comente-o, escreva uma breve frase que resuma as principais informações. Você está diante de um texto? Depois de o ler, traduza-o por um esquema, visualize-o. Se descobrir uma palavra nova (em português ou em outra língua), feche os olhos e a reveja, depois a soletre, a pronuncie.

Na vida cotidiana, mobilize simultaneamente o cérebro esquerdo e o cérebro direito. Você é organizado, você planeja? Conserve essas qualidades mas, ocasionalmente, solte sua imaginação, deixe falar sua intuição, parta sem destino, efetue uma ação incomum. Você é inventivo, criativo? Também preserve cuidadosamente essas qualidades, mas – uma vez não é sempre – estabeleça um plano de trabalho, ponha um pouco de ordem em seus papéis, escreva em lugar de telefonar.

Em suma, lembre-se...
- O hemisfério esquerdo permite a compreensão e a memorização graças ao sentido da audição. As informações são geridas verbalmente.
- O hemisfério direito permite a compreensão e a memorização graças à visão: as informações são geridas visualmente.
- Depois de toda leitura de trabalho, reserve um período de tempo dedicado à evocação mental, auditiva ou visual.
- Utilize o hemisfério esquerdo e o hemisfério direito: você multiplicará suas chances de compreensão, de memorização.
- Quanto mais se aprende, tanto mais se pode aprender. O fenômeno é cumulativo, exponencial. O efeito vai se ampliando. Em contrapartida, um cérebro não solicitado perde pouco a pouco suas faculdades.
- O cérebro límbico registra e compara: o fracasso condiciona o fracasso, o êxito condiciona o êxito.
- A aprendizagem não pode efetuar-se sem prática repetida, sem exercícios de aplicação.

TREINAMENTO

Objetivo: assimilar as noções deste módulo a fim de conhecer-se melhor.

Exercício 1

Busque, em sua experiência pessoal, exemplos de situação em que intervieram:

– o cérebro reptiliano;
– o cérebro límbico;
– o córtex esquerdo (ou cérebro esquerdo);
– o córtex direito (ou cérebro direito).

Exercício 2

Verdadeiro ou falso? Assinale sua resposta.

1. O cérebro reptiliano desapareceu.   V ❏ F ❏
2. O córtex é o cérebro mais recente.   V ❏ F ❏
3. O cérebro límbico pode bloquear
   a reflexão.   V ❏ F ❏
4. O cérebro límbico poupa-nos os
   "eletrochoques".   V ❏ F ❏
5. Os grafites nos muros são uma
   manifestação do córtex.   V ❏ F ❏
6. O estresse pode ser superado graças ao
   córtex.   V ❏ F ❏
7. Quando você age impensadamente,
   seu córtex intervém.   V ❏ F ❏
8. Os reflexos são comandados pelo
   cérebro reptiliano.   V ❏ F ❏
9. Os automatismos são do âmbito
   do córtex.   V ❏ F ❏
10. É graças ao córtex que falamos.   V ❏ F ❏

   Número de respostas certas: ....

Exercício 3
Assinale a casa correspondente à sua resposta[6].

	CE	CD
1. Receptivo a tudo o que é objetivo		
2. Faz várias coisas ao mesmo tempo		
3. Crítico		
4. Vê conjuntos		
5. Criativo		
6. Organizado		
7. Receptivo ao qualitativo		
8. Gosta de metáforas		
9. Espacial		
10. Receptivo ao quantitativo		
11. Verbal		
12. Ama os números		
13. Intuitivo		
14. Observa os detalhes		

Número de respostas certas: ....

Exercício 4
Procure o máximo de metáforas.
1. Se fosse uma coisa, o cérebro reptiliano seria............
2. Se fosse uma pessoa, o cérebro reptiliano seria..........
3. Se fosse uma coisa, o cérebro límbico seria ....
4. Se fosse um animal, o cérebro límbico seria ....
5. Se fosse uma pessoa, o cérebro límbico seria ....
6. Se fosse uma coisa, o cérebro esquerdo seria ....

....
6. CE = cérebro esquerdo, CD = cérebro direito.

7. Se fosse uma profissão, o cérebro esquerdo seria ......
8. Se fosse um detetive famoso, o cérebro esquerdo seria ......
9. Se fosse uma coisa, o cérebro direito seria ......
10. Se fosse uma profissão, o cérebro direito seria ......
11. Se fosse um detetive famoso, o cérebro direito seria ......

O MÓDULO EM ESQUEMAS

Esquema 1: o cérebro límbico

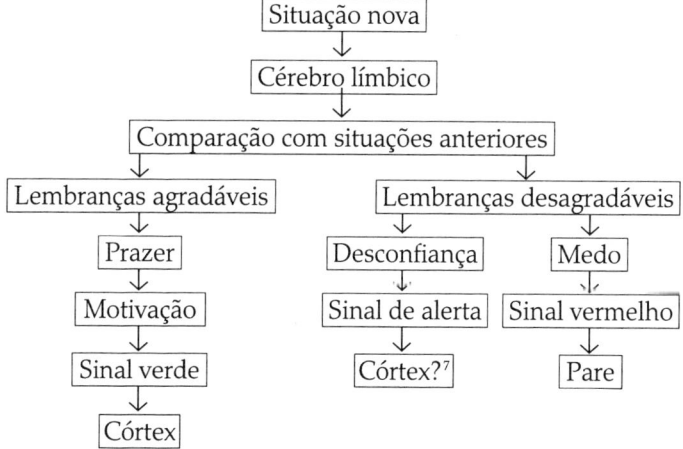

7. A passagem ao córtex se fará se você remover os bloqueios. De todo modo, mesmo em caso de sinal vermelho, você é que manda, mas lhe será necessária uma atitude voluntarista para impor sua decisão. Nada de derrotismo!

Esquema 2: as condições do êxito

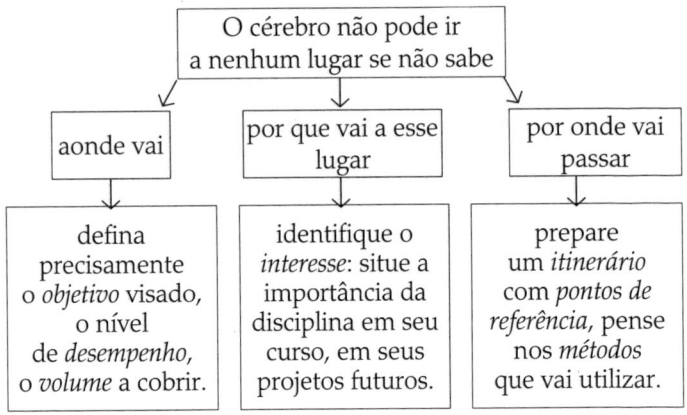

Esquema 3: cérebro esquerdo, cérebro direito

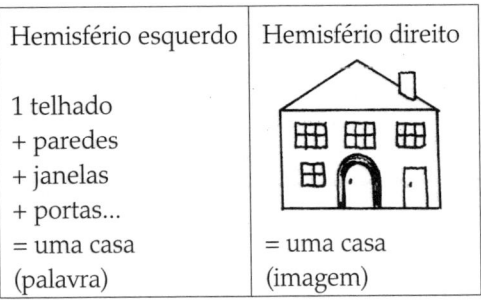

MÓDULO 1: MULTIPLICAR SEU POTENCIAL DE LEITURA

A leitura está no centro do trabalho intelectual, condicionando o bom resultado dos estudos. Constatou-se, em diferentes universidades, que os estudantes que não passavam em seus exames de primeiro ano não tinham um domínio tão bom da leitura como aqueles que eram bem-sucedidos. Adquirir uma leitura ativa, dinâmica, rápida – numa palavra, eficaz – constitui o objetivo deste módulo que lhe propõe o seguinte percurso:
– desvelar suas representações sobre a leitura;
– fazer uma avaliação por meio de um teste que lhe permitirá ter uma idéia de seu desempenho (velocidade de leitura, compreensão, eficácia);
– descobrir os processos envolvidos no ato de ler;
– desenvolver diferentes capacidades que intervêm na conquista de uma leitura dominada (antecipação, precisão e habilidade visuais, rapidez).

1. A LEITURA DESVELADA

QUESTIONÁRIO: VOCÊ E A LEITURA

O que você pensa das afirmações seguintes? Assinale a casa correspondente à sua resposta (evitando o máximo possível NS = Não Sei).

No fim do módulo, volte a este questionário. Será que sua opinião permanecerá a mesma?

	V	F	NS
1. Deve-se ler uma palavra por vez.			
2. Lendo-se depressa, não se consegue compreender o que se lê.			
3. Lendo-se depressa, memoriza-se com mais dificuldade.			
4. Cada indivíduo possui uma velocidade média de leitura à qual deve se ater.			
5. Nunca se devem pular parágrafos nem páginas.			
6. O melhor a fazer, quando se começa a leitura de uma obra didática ou de uma aula, é começar pela primeira palavra.			
7. Quando não se compreende uma palavra, é preciso recorrer imediatamente ao dicionário.			
8. Voltar atrás na leitura é uma boa técnica para a compreensão.			

BALANÇO INICIAL: EM QUE PONTO VOCÊ SE ENCONTRA?

Leia o texto seguinte, em seu ritmo habitual. Responda em seguida às perguntas sem voltar ao texto. Anote a hora exata (minutos, segundos) do início e do fim da leitura do texto, ou melhor, utilize um cronômetro.

Início da cronometragem...

A importância dos primeiros livros de leitura

Uma das coisas essenciais, e também das mais difíceis, que todo ser humano deve aprender é conhecer-se a si mesmo e saber como se comportar com os outros. Isso significa que deve aprender a estabelecer previsões acertadas no que se refere a seu comportamento ou ao de outrem. As pessoas com as quais a criança deverá em primeiro lugar aprender a entrar em acordo são seu pai e sua mãe. Poder-se-ia portanto esperar que seus primeiros livros de leitura lhe ensinassem a prever de um modo realista as atitudes dos pais e suas interações com ela e entre si.

Mas, embora os pais desempenhem um papel importante nos manuais de leitura, as histórias nunca apresentam circunstâncias em que o pai e a mãe estão em desacordo. Isso diz à criança ou que as histórias não são verdadeiras e não merecem ser lidas, ou que os pais são anormais, porque discordam de vez em quando. Na realidade, as crianças precisam aprender que as pessoas podem ter opiniões diferentes – e até discutir – e todavia viver felizes juntas, aprendendo também que é preferível exprimir suas dissensões a negar sua existência.

Nas histórias que têm a família por tema, a mãe está sempre pronta para ir passear e para se divertir; ela nunca se mostra preocupada com as tarefas domésticas. Se trabalha fora de casa, não tem problemas: parece ter um tempo e uma energia ilimitados para cuidar do filho e do lar. Do mesmo modo, nessas histórias, o pai nunca está cansado e não tem necessidade de descansar quando volta do trabalho. A criança é assim levada a concluir que seu pai e sua mãe não são bons pais, dado que não se conduzem como os dos livros. Seus pais, com efeito, se comportam como seres humanos que às vezes estão cansados, preocupados ou até irritados quando se dedicam às tarefas domésticas, o que é o extremo oposto das personagens que são descritos no livro.

De muitas maneiras, os manuais de leitura ilustrados propõem como desejáveis e habituais lares e modelos de comportamento que se acham em total contradição com a experiência cotidiana da criança. Em conseqüência, ou esses textos e suas imagens põem a criança contra as realidades da vida, ou fazem-na crer que não pode contar com os livros para saber a verdade.

Com esses primeiros livros, se desejamos de fato persuadir nossos filhos de que é importante aprender a ler, devemos nos assegurar de que não levem muito a sério o material de leitura que lhes impomos; caso contrário, eles concluirão disso que a leitura só lhes fornece falsas informações. Por exemplo, nessas histórias, quando as crianças sofrem acidentes, o que ocorre de vez em quando, nunca se com-

Multiplicar seu potencial de leitura \ 33

portam como se estivessem feridas, assustadas ou enraivecidas. Tudo o que lhes acontece é sempre muito divertido. Histórias desse tipo não preparam as crianças para enfrentar eficazmente a adversidade e não lhes mostram que podem extrair da leitura informações exatas.

Muitas histórias narram também como as crianças ficam felizes quando há um recém-nascido na família.

São muitas as possibilidades de que a criança que lê essas histórias tenha ciúme do bebê que acaba de se intrometer em sua própria casa. Mas, em virtude das imagens que cria a partir do que leu, ou não acredita na história, ou fica confusa com os próprios sentimentos. Na realidade, esses primeiros livros de leitura apresentam uma imagem adulta do que o mundo deveria ser, e não o que é na realidade.

O ensino se fundamenta na segurança afetiva; a criança que não se sente em segurança e a criança perturbada são maus alunos. Se as imagens falsas de seus livros de leitura lhe dão a impressão de que seus sentimentos não estão em harmonia com o que a sociedade espera dela, a criança será incapaz de aprender com adequação. Quase todos os sentimentos descritos em nossos primeiros livros de leitura são positivos e claramente delineados; quase nunca são mitigados e verdadeiramente negativos. Afirmar que todas as crianças têm ciúme de seus irmãos e irmãs é tão irrealista quanto dizer que todas as crianças amam o bebê que acaba de nascer em seu lar. A maioria de nós, quando crianças, se dividia entre os dois sentimentos: amávamos o recém-nascido mas, ao mesmo tempo, lhe queríamos mal por ele ter cruzado nosso caminho. Se nossos livros de leitura se limitassem a descrever de forma realista as atitudes da criança diante do recém-nascido, eles poderiam obrigá-la a refletir e convencê-la de que, ao aprender a ler, pode ganhar algo importante.

Bruno Bettelheim, Survivre, *ed. Laffont (1979).*

...Fim da cronometragem

Perguntas

Circunde a(s) resposta(s) certa(s) com relação ao texto:

1. O que o livro deveria ensinar às crianças?
   a. a conhecer os gestos elementares de sobrevivência; **b.** a conhecer as reações de seus pais; **c.** a conhecer o mundo que as cerca.

2. Qual a principal crítica do autor em relação aos livros para crianças?
   a. a falta de ilustrações; **b.** a dificuldade do estilo e do vocabulário; **c.** a discordância entre os livros e a realidade.

3. Quais os exemplos oferecidos pelo autor para ilustrar sua tese?
   a. os acidentes; **b.** as férias; **c.** os desacordos entre os pais; **d.** as amizades entre crianças; **e.** o nascimento de outro filho; **f.** a morte; **g.** a disponibilidade dos pais; **h.** a separação dos pais.

4. Ao ler seus primeiros livros, a criança pode ter duas reações. Quais são elas?

a. ela pode rebelar-se contra a realidade; **b.** ela pode pensar que nunca conseguirá ler; **c.** ela pode pensar que a leitura é uma atividade apaixonante; **d.** ela pode deduzir de sua leitura que os livros são enganadores.

5. O autor enfatiza que, para aprender, a criança precisa:
a. fazer parte de um grupo; **b.** de segurança afetiva; **c.** de recompensas.

6. Os sentimentos, nos livros para crianças, são:
a. negativos; **b.** mitigados; **c.** positivos.

Avaliação

- *Como calcular a velocidade de leitura?*
– Calcule o tempo de leitura.
O texto possui 763 palavras. Calcule o número de palavras lidas em um minuto: você obterá sua velocidade de leitura.
Exemplo:
Você começa a ler às 10h13min e acaba às 10h15min20s. Seu tempo de leitura é de 2min20s (140 segundos). Sua velocidade de leitura é:

$\frac{763 \times 60}{140} = 327$ palavras/minuto

- *Como calcular a compreensão – memorização?*
   Atribua 1 ponto por resposta certa.

- *Como calcular a eficácia da leitura?*
   Veremos que um leitor eficaz lê com rapidez e compreende bem. A eficácia permite estabelecer uma relação entre a velocidade e a compreensão. Para a medida, multiplique a pontuação de velocidade pela pontuação de compreensão e divida por 10 (há 10 respostas a fornecer).

Exemplo:
Você lê 355 palavras por minuto, você deu 6 respostas certas no questionário. Sua eficácia é:

$$\frac{355 \times 6}{10} = 213$$

Pontuação

Velocidade:... palavras/minuto
Compreensão – memorização:...
Eficácia:...

- *Pontos de referência para a velocidade de leitura*
  – Leitor lento: menos de 200 palavras/minuto.
  – Leitor médio: 240 palavras/minuto.
  – Leitor rápido: a partir de 400 palavras/minuto.
  Com um pouco de treinamento, você poderá atingir 900 palavras por minuto.

**1.1
Como se lê?**

Como se lê ou, em outros termos, como se constrói o sentido a partir de sinais escritos?

Os indícios mostram o caminho certo

No conjunto de uma leitura corrente, você lê grande parte dos textos sem decomposição nem análise. Para compreender o que se passa, complete esta frase:

"Fazia um calor tórrido; o viajante, sedento, pediu outro .... de água."
Você, sem hesitar, completou a frase com o termo ausente, "copo". De que recursos você se valeu?
– **indícios de sentido** dados pelo contexto. O que precede o levou a esperar "copo" e não "balão", "cama", "cavalo"...;
– **indícios sintáticos**: o determinante masculino "um" o fez eliminar todos os substantivos femininos; por exemplo, o termo "bebida", que, pelo sentido, poderia ser adequado;
– **indícios fornecidos pela organização da frase**: o leitor espera que o escrito se apresente segundo certa estrutura: depois de um sujeito, um verbo; depois de um artigo, um substantivo ou um adjetivo etc. Portanto, neste caso, você rejeitou algumas categorias de palavras: verbos, advérbios...

Numa leitura normal, de um texto completo (sem "buraco"), outro indício intervém:
– a **"silhueta" das palavras**. Antes mesmo de descobrir uma palavra, você já percebe o desenho formado pelas letras: palavra curta, palavra comprida, palavra que apresenta vários sinais que ultrapassam a linha para cima... Antes de ver, você entreviu.

Todos esses indícios – indícios de sentido, indícios sintáticos, indícios organizacionais, indícios perceptivos – permitem que você preveja o que virá a seguir. Eles o conduzem a fazer uma escolha muito rápida, não consciente, que a leitura não faz, na maioria dos casos, senão confirmar. A estratégia do leitor treinado se elabora em três momentos:

Primeiro momento: a partir do título, da localização na página, o leitor emite suas primeiras hipóteses sobre o conteúdo do texto. O cérebro direito acha-se, aqui, em primeiro plano. Por exemplo, o leitor diz a si mesmo: "Este texto é um artigo de revista sobre a televisão e os jovens. As palavras 'programa', 'folhetim', 'filme' podem aparecer." Antes mesmo de tê-lo lido, seu espírito já está preparado para encontrar esta ou aquela palavra e faz uma triagem em meio à multiplicidade dos termos possíveis.

Segundo momento: o leitor verifica suas hipóteses pela leitura; o cérebro esquerdo é, neste contexto, prioritariamente solicitado. A palavra a ser lida comporta várias sílabas e apresenta, em sua "silhueta", várias letras que ultrapassam a linha para cima: essas particularidades lhe permitem distinguir sem hesitar o termo "folhetim" e não "filme" ou "programa", outros termos possíveis. Ele não precisará assegurar-se de que se trata de "folhetim" e não de "folhear", dado que este último termo apresenta poucas chances de figurar no artigo.

Terceiro momento: o leitor verifica suas hipóteses e sua leitura por meio do sentido. Para validar a palavra lida, é necessário, por um lado, que esta convenha à frase e, por outro, que não esteja em contradição com os conhecimentos do leitor. Assim, a frase "Um coelho de penas cintilantes atravessou o pátio da fazenda" é incompatível com o que sabemos desse animal peludo e não pode ser aceita (salvo num livro de ficção).

Ler: uma constante troca entre o escrito e o leitor

Por conseguinte, ler não consiste somente em identificar e em combinar letras, não é tampouco somente seguir uma cadeia de palavras; é fazer intervir os próprios conhecimentos. Produz-se um movimento constante de vaivém entre o escrito e o leitor.

Quanto mais sabe utilizar o que está "por detrás do olho", menos o leitor tem necessidade de informações visuais para identificar letras ou palavras. Essa troca entre informações visuais e não-visuais é determinante para a obtenção de uma leitura fácil. Quem recorre essencialmente ao que está escrito sobrecarrega seu sistema visual, lê "em túnel" e chega com menos facilidade à compreensão. Em compensação, o leitor que mobiliza seus conhecimentos, que leva em conta o contexto, se antecipa às palavras: pode contentar-se em tocá-las, mas não precisa demorar-se nelas; desse modo, sua leitura é facilitada.

1.2
O papel dos dois cérebros na leitura

A decodificação palavra por palavra representa a tendência mais difundida, pois corresponde ao ensinamento recebido. Essa análise ponteada do escrito, conseqüência da maneira pela qual aprendemos a ler, interpela essencialmente o cérebro esquerdo. O leitor, como vimos, pode, nesse caso, atolar-se.

Outra tendência, oposta à anterior, consiste em elaborar hipóteses sem proceder à sua verificação; o leitor então praticamente adivinha, lê uma palavra por outra. Ele, então, recorre principalmente a seu cérebro direito. Essa maneira de proceder conduz sem dúvida a falsas manobras, carregadas de conseqüências, quando o leitor se acha diante de um texto que requer uma apreensão precisa: o libelo de uma causa é o seu exemplo mais notável. **O leitor verdadeiramente hábil é aquele que faz interagir cérebro esquerdo e cérebro direito.** Consulte a p. 74.

No primeiro caso, que prioriza o cérebro esquerdo, o tratamento é ascendente: do texto ao leitor; no segundo caso, que faz prevalecer o cérebro direito, o tratamento é descendente: do leitor ao texto; no terceiro caso, em que há a intervenção conjunta do cérebro esquerdo e do cérebro direito, o tratamento é interativo: texto – leitor, leitor – texto.

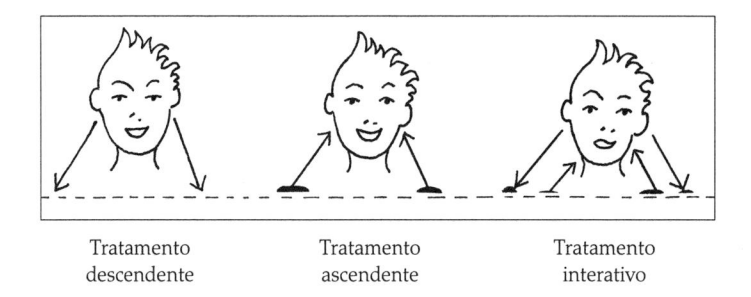

| Tratamento | Tratamento | Tratamento |
| descendente | ascendente | interativo |

Só o leitor que combina o que sabe e o que vê, que mobiliza portanto estratégias visuais e intelectuais graças à interação dinâmica dos dois cérebros, é um leitor verdadeiramente eficaz. Ler melhor é ver melhor e pré-ver melhor. Para isso, é necessário exercer:
– **suas capacidades intelectuais**: antecipação, formulação de hipóteses;
– **suas capacidades perceptivas**: visão precisa, panorâmica, ágil.

Em suma, lembre-se...
- Ler = combinar, de maneira interativa, duas fontes: informações visuais (texto) e informações cognitivas (conhecimentos armazenados pelo leitor).
- O leitor passivo se submete ao sentido, o leitor ativo produz o sentido.

2. LER COM ANTECIPAÇÃO

2.1
Um espírito pronto a antecipar

O capítulo anterior enfatizou o papel da antecipação. Quem se prepara para encontrar as palavras identifica-as com muito mais facilidade. Como desenvolver a capacidade de antecipação? Não é preciso em absoluto multiplicar os exercícios; de resto, eu lhe proporei muito poucos, o importante ocorre... antes da leitura. Com efeito, para fazer uma leitura ativa, participante, em particular quando você lê para estudar, o tempo de "colocação em órbita" é essencial. No decorrer desse tempo **t-1**, você passará por cinco etapas.

2.2
O tempo de colocação em órbita

1. **Delimite a quantidade a ler**. Se você está estudando um manual, uma aula, utilize marcas para materializar o domínio a cobrir.
2. **Decida quanto tempo dedicará a isso**. Um tempo limitado é mais bem utilizado e ajuda a manter a atenção.
3. **Defina** ou redefina **seu projeto de leitura**. Por que você vai ler esse texto, esse capítulo, essa aula? Em que é importante para que você tome conhecimento dele? O que você espera dele? Se necessário, para fixar adequadamente o contrato entre

o escrito e você, redija seu objetivo numa frase. De todo modo, sua motivação será estimulada.
4. **Mobilize seus conhecimentos**. É muito raro que você não saiba nada sobre um tema. Pense no que leu, viu, ouviu e constatará que a memória armazena muito mais informações do que você desconfia.
5. **Detenha-se alguns instantes no título do livro**, do capítulo, do texto: que indicações ele lhe fornece? Que tema será abordado?

Esses passos têm como objetivo evitar o medo do desconhecido, a sufocante sensação de se achar diante de uma tarefa complicada, sentimento temido pelo sistema límbico. Tranqüilizando-o, eles permitem que o córtex funcione velozmente. Além disso, tendo examinado o que sabe e o que espera de sua leitura, sua curiosidade é despertada, sua atenção, aguçada.

Você está nas melhores condições para antecipar.

Em suma, lembre-se...
- Antecipar no decorrer de um esporte é prever os gestos do adversário.
- Antecipar no decorrer de uma leitura é prever o conteúdo do texto.
- Nos dois casos, antecipar é um fator de sucesso.

TREINAMENTO

Objetivo: exercitar sua faculdade de antecipação.

1. Tome conhecimento do título do texto abaixo: qual o tema abordado?
2. Leia uma primeira vez o texto até o final sem se preocupar com os "buracos".
3. Complete as lacunas com as palavras que faltam.

Os hipermercados: uma aparência de liberdade

Nos templos do auto-atendimento, a liberdade é singularmente reduzida apesar das aparências.

Na entrada, o cliente ....[1] obrigatoriamente à direita e pega um ....[2] fundo (conteúdo: até 170 litros) não menos ....[3]. Peremptório, um cartaz afirma: "Carrinho cheio a ....[4] preços."

Suponhamos que uma cliente vá comprar um ....[5] caldo de carne e um pacote de arroz. Esses ....[6] ditos de primeira necessidade costumam ser encontrados ....[7] fundo da loja, até mesmo no subsolo. Em ....[8] lojas de departamento, encontra-se facilmente o ....[9] consultando-se cartazes visíveis, percorrendo ....[10] corredores espaçosos. Mas em outros lugares, aos cartazes funcionais ....[11] misturam alguns outros, que elogiam determinada marca, ...[12] bom negócio. E como percorrer esses corredores ....[13] de gôndolas, de mostruários que, nos horários ....[14] pico, bloqueiam como de propósito a ....[15]? Com freqüência, diz-se, o fabricante paga ao ....[16] a localização de seu produto e sua

.... ¹⁷. Para isso, há toda .... ¹⁸ arte, a PLV (promoção no local ....¹⁹ venda), que consiste em expor, no alto, ...²⁰ frente ou de atravessado, o artigo que deve "................"²¹.

A embalagem deve, em primeiro lugar, atrair o olhar, ...²² possível, com uma foto em cores que ....²³, não o arroz que nossa ....²⁴ procura, mas uma suntuosa *paella* ornada de camarões ....²⁵ (que não fazem parte do pacote). A ....²⁶ prefigura assim magicamente o prato já pronto. ....²⁷ falta de vendedor, é a embalagem que estabelece .... ²⁸ o cliente um diálogo imediato e surpreendente.

................²⁹ sobreposição de embalagens está na moda. O .... ³⁰ considera-o, ao que parece, uma homenagem que lhe é ....³¹, que lhe é devida. Trata-se ....³² de um pacote inviolado. Mas os pensadores da PLV ....³³ que a sensação tátil é decisiva e ....³⁴ tocar é possuir de antemão, de forma abreviada. Higiênico, o filme de PVC .... ³⁵ portanto a dois desejos contraditórios.

Sabe-se .... ³⁶ que cada cor representa diferentes coisas de acordo com ....³⁷ sexos, as classes sociais e os produtos. ....³⁸ marcas adotam a combinação vermelho ....³⁹ amarelo. Donas de casa convidadas a "testar" três sabões em pó .... ⁴⁰ julgaram "mais eficaz" o que se .... ⁴¹ num pacote amarelo e azul. As .... ⁴² neutras, frias, metálicas seduzem mais as classes ....⁴³: são encontradas portanto nos rótulos .... ⁴⁴ uísque.

Mas o argumento decisivo para o ....⁴⁵ é a abundância. Quando a "gôndola" está repleta de um ....⁴⁶, compra-se dele 22% a mais .... ⁴⁷ quando há "buracos" na .... [48]. O próprio gigantismo do .... [49] (chegando a 20.000 m²) testemunha também a abundância. " .... [50] produtos doutrinam", exclamava um sobrevivente dos hipermercados.

Anne Guérin, Le Monde, outubro de 1975.

Pontuação: .... % (2% por palavra certa.)

3. ADQUIRIR UM OLHAR PRECISO

3.1
Uma identificação global

Imaginemos que você está numa estação e espera um amigo. O trem chega: os viajantes descem e se apressam na direção da saída. Como você distingue seu amigo? Por causa de seus cabelos crespos? Por que veste *jeans*? Por que é desta ou daquela altura? É muito provável que você não analise todos esses detalhes. De resto, outras pessoas podem apresentar as mesmas particularidades. Você o reconhece com um único olhar porque é ele e não outro.

O leitor hábil procede da mesma maneira. Ele reconhece as palavras por seu todo e não precisa examinar o desenho de cada letra. As palavras, tal como as pessoas, podem ter pontos em comum, mas cada palavra, tal como cada indivíduo, forma um conjunto único que permite identificá-la sem se enganar.

"Reconhecer as palavras por sua composição, como o marinheiro reconhece os navios"[1] é, segundo Alain, uma das características do verdadeiro leitor. Com efeito, este último utiliza essencialmente um modo de abordagem global. É isso que lhe permite chegar com mais facilidade ao sentido, visto que sua memória de trabalho[2] não está saturada por elementos não significativos: letras ou sílabas. Ele não recorre à decodificação senão diante de palavras desconhecidas.

3.2
Uma identificação precisa

Para ler sem hesitação, para distinguir uma palavra entre outras palavras que a ela se assemelham, é contudo necessário que o leitor possua uma percepção aguçada. A exatidão da apreensão visual desempenha um papel importante: ela permite evitar as confusões de palavras, cujas conseqüências são desagradáveis. Com efeito, estas últimas obrigam a retroceder, a explorar duas vezes a mesma frase antes de compreendê-la.

....
1. Alain, *Propos sur l'éducation*, P.U.F., 1978.
2. A memória de trabalho é a memória que nos permite recordar as primeiras palavras de uma frase enquanto lemos suas últimas.

Reforçar sua precisão visual: é nisso que você se exercitará nos conjuntos de exercícios que vêm a seguir.

TREINAMENTO

Como praticar o treinamento visual?

As sessões de treinamento devem ser curtas (não mais de 15 a 20 minutos), densas, freqüentes.

Assim como um tempo de musculação ou de aquecimento precede a prática de um esporte, assim também o treinamento precederá uma situação de leitura (para seus estudos, para seu repouso...) na qual você porá em prática as técnicas descobertas.

Os exercícios precedidos por um asterisco (*) devem ser feitos ao menos duas vezes, com algumas semanas de intervalo. Você deve fixar-se como objetivo ganhar em precisão e em rapidez. Para poder apagar e, assim, refazer os exercícios, use um lápis.

Primeira série

Objetivo: desenvolver a precisão visual.

Fotografe com o olhar a primeira palavra alvo ("vontade") e conserve sua imagem mental. Em seguida, percorra rapidamente a grade e assinale essa palavra sempre que a encontrar. Faça o mesmo para as outras palavras.

*Exercício 1
Início da cronometragem...

vontade   política   relação   boca   jornal

	A	B	C	D
1	verdade	polêmica	jogral	faculdade
2	sinal	bondade	vendagem	renovação
3	doca	policópia	pacífico	relação
4	quintal	boca	broca	poética
5	foca	jornalista	psíquico	toca
6	político	sociedade	polidez	jornaleiro
7	vantagem	central	vontade	boca
8	reação	bocado	fiscal	nacional
9	louca	realidade	relacionar	política
10	ração	touca	duplo	redação
11	jornal	bocal	relação	boçal
12	realidade	relativo	politizar	relevo

...Fim da cronometragem
Tempo empregado: ...   Número de erros: ...
Número de esquecimentos: ...

• **Exercício 2**
Início da cronometragem...

livro   perigo   localizar   considerável   informação

	A	B	C	D
1	lido	informativo	localizar	invariável
2	amigo	condenável	inexorável	indicação
3	focalizar	local	crivo	livro
4	privo	informação	dinamizar	informador
5	lavrar	contábil	livre	iniciação
6	inovação	inflação	lebre	condensável
7	ferido	frívolo	radicalizar	inseparável
8	vidro	perigo	livro	federalizar
9	moralizar	intitular	laicizar	considerável
10	confortável	infiltração	pérfido	perdido
11	informática	operacionalizar	comparável	tranqüilizar
12	querido	inibição	pródigo	contestável

...Fim da cronometragem
Tempo empregado: ...   Número de erros: ...
Número de esquecimentos: ...

Segunda série

Objetivo: desenvolver a precisão visual e a habilidade intelectual.

A cada palavra da série A corresponde, na série B, uma palavra que significa o contrário. Encontre-a rapidamente.

* *Exercício 1*
Início da cronometragem...

Série A: 1. obscuridade – 2. dispersar – 3. felicitar – 4. economizar – 5. insignificante – 6. importar – 7. creditar – 8. autorizar – 9. inspirar – 10. assustar.

Série B: estrear ❑ – intervir ❑ – entreter ❑ – escoltar ❑ – importante ❑ – exortar ❑ – clamar ❑ – exceto ❑ – ferir ❑ – debitar ❑ – combinar ❑ – caridade ❑ – explodir ❑ – concentrar ❑ – ferir ❑ – exortar ❑ – interpor ❑ – exprimir ❑ – intermédio ❑ – expor ❑ – explorar ❑ – exportar ❑ – desperdiçar ❑ – interpretar ❑ – dilatar ❑ – expirar ❑ – limitar ❑ – claridade ❑ – recordar ❑ – explicar ❑ – tranqüilizar ❑ – censurar ❑ – racionar ❑ – conduzir ❑ – proibir ❑ – concernir ❑ – comitê ❑.

...Fim da cronometragem
Tempo empregado: ...   Número de respostas certas: ...

* *Exercício 2*
Início da cronometragem...

Série A: 1. árido – 2. abrir – 3. adversário – 4. encolher – 5. rigidez – 6. implícito – 7. sucesso – 8. ceticismo – 9. apático – 10. odiar.

Série B: firmeza ❑ – sutil ❑ – formar ❑ – partidário ❑ – primeiro ❑ – ator ❑ – hostil ❑ – feriado ❑ – neutralidade ❑ – partilhar ❑ – expor ❑ – explicar ❑ – ilícito ❑ – eco ❑ – parcial ❑ – eleitoral ❑ – habilidade ❑ – elasticidade ❑ – insólito ❑ – fechar ❑ – primar ❑ – ativo ❑ – nativo ❑ –

agir ❏ – explícito ❏ – explorar ❏ – tátil ❏ – ocioso ❏ – credulidade ❏ – amar ❏ – credibilidade ❏ – eleição ❏ – alargar ❏ – útil ❏ – fértil ❏ – brilho ❏ – fracasso ❏.

...Fim da cronometragem
Tempo empregado: ...   Número de respostas certas: ...

4. ADQUIRIR UM OLHAR PANORÂMICO

4.1
Fixação – deslocamento – fixação – deslocamento

Você sabe como procedem os olhos quando lêem? No início do século XX, em 1905, um pesquisador francês, Emile Javal, diretor do laboratório de oftalmologia na Sorbonne, estudou os mecanismos da percepção no decorrer do ato da leitura. Ele mostrou que o olho não avança de forma contínua ao longo da linha de um texto, como um trem sobre os trilhos, mas se desloca por pulos, por saltos. Durante um tempo muito curto, o olho fica imóvel e fixa um conjunto de letras ou de palavras; depois, gira num tempo muito mais curto, voltando a fixar em seguida um conjunto de letras ou de palavras e assim por diante.

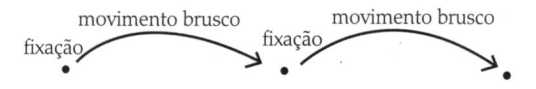

```
           movimento brusco        movimento brusco
    fixação ⌒               fixação ⌒
         •                       •                •
```

É a sucessão rápida dos movimentos bruscos e das fixações, associada à persistência das imagens retinianas, que dá a impressão de continuidade. O processo é o mesmo quando vemos um filme. Durante os movimentos bruscos ou deslocamentos, a visão é muito reduzida, se não nula. Uma prova? Tente ler o nome de uma estação a partir de um trem em movimento... Assim, **o olho só percebe em estado de imobilidade**.

Desde 1905, as técnicas de registro dos movimentos oculares sem dúvida se aperfeiçoaram. As pesquisas recentes não questionaram os trabalhos de Javal; simplesmente permitiram uma análise mais refinada. O que elas nos ensinam?

A duração dos deslocamentos é constante: 35 milissegundos, e **sua amplitude é variável**, com uma média de oito a dez caracteres.

No leitor iniciante, os deslocamentos têm uma amplitude mais curta do que no leitor experiente.

A duração das fixações é um pouco menos constante: 100 a 500 milissegundos, com uma média em torno de 225 milissegundos. Quanto mais o leitor possui experiência, mais a fixação é curta.

Quanto à **amplitude das fixações, é muito variável**. O campo visual, isto é, o número de caracteres apreendidos ao longo de uma fixação, vai com efeito de 2 a 25, até mesmo 30 sinais. Esse é um ponto fundamental. Antes de explorar suas conseqüências, distingamos entretanto aquilo que, nesses trinta sinais, é visto distintamente e aquilo que é sobretudo percebido.

4.2
Duas zonas de visão complementares

As informações captadas pelo olho quando dos tempos de fixação são dirigidas à retina. Ora, a retina não tem o mesmo poder de discriminação em todas as suas partes. Do centro da retina, a fóvea, à sua periferia, a acuidade visual diminui. Existe portanto uma zona foveal em que os sinais são vistos com muita nitidez e uma zona periférica em que os sinais são mais fluidos. O leitor distingue 7 caracteres em visão foveal e cerca de uma dezena de caracteres em torno do ponto fixado.

Os papéis das visões foveal e periférica se mostram complementares. A visão periférica fornece informações sobre a "silhueta" das palavras, permitindo entrevê-las; a visão foveal, por seu turno, as vê. O leitor identifica tanto mais facilmente as informações na medida em que as **previu** (graças à antecipação) e **entreviu**.

4.3
Conseqüências: leia com um grande ângulo

Uma das grandes diferenças entre o leitor treinado e o leitor "médio" reside no número de palavras registradas quando de cada fixação do olho. Este último tipo de leitor não costuma utilizar senão uma pequena parte de seu campo visual e só apreende uma quantidade restrita de caracteres. O ensino tradicional da leitura conduz, com efeito, a operar fixações restritas, compreendidas entre um e quatro sinais: uma letra, uma sílaba, uma palavra curta. Você sabe agora que, como o sistema límbico não aprecia a novidade, os hábitos adquiridos quando da aprendizagem praticamente não evoluem. Desemboca-se assim numa subutilização das possibilidades do olhar.

Por conseguinte, é necessário, a fim de melhorar o desempenho na leitura, não alargar o campo de visão propriamente falando – este não se estica como uma goma de mascar –, mas explorá-lo do melhor modo possível. Para isso, você fará exercícios com a finalidade de apreender o máximo de elementos quando de cada fixação, de tirar partido das informações fornecidas pelas duas zonas de visão. Essa utilização ótima do feixe de visão é fundamental para ler melhor e com mais rapidez.

Agindo-se sobre o ângulo de visão, diminui-se o número de movimentos bruscos, que são, recordemo-lo, tempos mortos: **melhora-se a velocidade de leitura. Melhora-se também a compreensão**. Um leitor que abarca um número importante de caracteres está não mais diante de elementos iso-

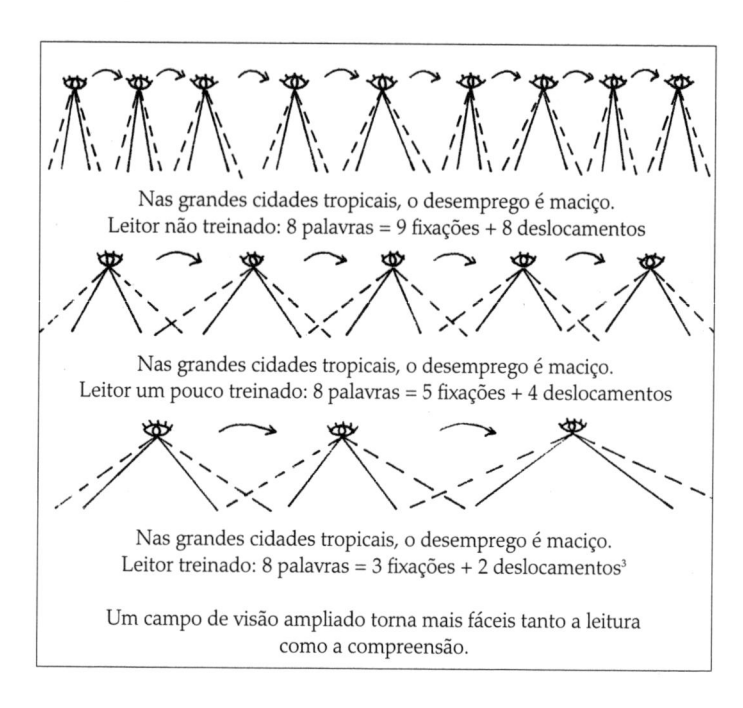

> Nas grandes cidades tropicais, o desemprego é maciço.
> Leitor não treinado: 8 palavras = 9 fixações + 8 deslocamentos
>
> Nas grandes cidades tropicais, o desemprego é maciço.
> Leitor um pouco treinado: 8 palavras = 5 fixações + 4 deslocamentos
>
> Nas grandes cidades tropicais, o desemprego é maciço.
> Leitor treinado: 8 palavras = 3 fixações + 2 deslocamentos[3]
>
> Um campo de visão ampliado torna mais fáceis tanto a leitura como a compreensão.

lados, praticamente destituídos de informação (uma sílaba, um artigo), mas diante de elementos dotados de significação: o sentido global é mais fácil de apreender. Assim, no exemplo que figura no esboço acima, o leitor que fixa poucos sinais ao mesmo tempo deve, para compreender a frase, combinar nove informações. O leitor que, por sua vez, vê muitos sinais com um único olhar não tem de associar mais de três informações: sua compreensão fica com isso facilitada.

3. As linhas contínuas representam a visão foveal; as tracejadas, a visão periférica.

> **Em suma, lembre-se...**
> • Evite os deslocamentos inúteis (do olho).
> • Passe do grande plano ao plano de conjunto.

Como passar do grande plano ao plano de conjunto? As séries de treinamento vão prepará-lo para isso. Mas o mais importante é que você tenha tomado consciência do interesse do que vai pôr em prática; caso contrário, atenção à obstrução do cérebro límbico, que prefere a visão central, mais precisa, logo mais tranqüilizadora.

TREINAMENTO

Objetivo: explorar o melhor possível seu campo de visão.

* Exercício 1
Percorra rapidamente as duas listas a fim de localizar as palavras ou grupos de palavras:
– que designam uma disciplina (no sentido de ramo do conhecimento);
– que se relacionam com a meteorologia.
→ Atenção! Posicione seu olhar no lugar do traço e tome conhecimento do grupo de palavras de uma única vez.

Início da cronometragem... (de 12 a 20 caracteres)

👁 👁

ficar sentado	fora de
vinte andares	contramão
a conferência	a geografia
um comunicado	a república
por isso	banheiro
a literatura	a filosofia
sem elevador	a eletrônica
a psicologia	um encontro
escolher seu caminho	um verão tórrido
uma vida de sonho	visita gratuita
propriedade privada	prova
o tráfego das estradas	os baixos salários
uma instrução	uma dupla ração
o serviço público	uma multiplicação
a matemática	o subúrbio próximo
adquirir o hábito	um artigo de imprensa
uma tempestade de granizo	um outono chuvoso
uma cerração densa	semear para colher
apartamento para alugar	Educação Nacional
um grande poder	uma camisa de náilon

...Fim da cronometragem
Tempo empregado: ...   Número de respostas certas: ...

* Exercício 2

Localizar as palavras ou grupos de palavras:
– que você poderia encontrar na seção "vida econômica e social" de um jornal;
– que se relacionam com a leitura.

Início da cronometragem...   (de 16 a 23 caracteres)

uma luz viva
as férias pagas
aberto ao público
marcha à ré
a energia solar
um telhado de telhas
atenção homens trabalhando
um silêncio de morte
um regime sem sal
a Seguridade Social
uma bomba de calor
a faculdade de direito
um romance apaixonante
uma sessão de cinema
indenização trabalhista
óculos escuros
um programa de rádio
um seguro-saúde
uma praia de areia fina
um radiador elétrico

espreitar um rumor
um campo de milho
baixa do dólar
uma bibliografia
o cérebro esquerdo
uma ducha gelada
um lenço de seda
um barco a vela
um diretor de teatro
uma carteira de identidade
um programa pesado
as folhas mortas
uma agência de viagem
um conselho de classe
greve dos transportes
uma viagem tumultuada
um itinerário rápido
uma operação bem-sucedida
benefícios previdenciários
um sumário

...Fim da cronometragem
Tempo empregado: ...   Número de respostas certas: ...

Exercício 3

Pegue a aula ou o livro que você tinha a intenção de estudar no dia.

Comece cada linha posicionando o olhar sobre a segunda palavra e não sobre a primeira. Do mesmo modo, detenha seu olhar na penúltima palavra. Você sabe agora que abarcou certo número de caracteres em torno do ponto fixado: portanto, verá também a primeira e a última palavra, mas fará menos paradas.

→ Pense em proceder da mesma maneira para todas as suas leituras.

Exercício 4

- *Preparação*
1. Pegue um livro que lhe pertença e ao qual não é particularmente apegado. Escolha de preferência um texto cujas linhas sejam de comprimentos sensivelmente iguais, não entrecortadas por ilustrações.
2. Escolha quatro linhas ao acaso e conte o número de palavras por linha.
3. Divida a linha em duas, três ou quatro partes traçando livremente a lápis uma barra a cada três palavras (ou mais, de acordo com a facilidade com que você fez os exercícios 1 e 2[4]).
4. No meio de cada parte ou porção de linha composta de três ou quatro palavras, faça um traço que prolongará até o fim da página ou do texto.

---

[4]. Uma palavra comporta, em média, cinco caracteres.

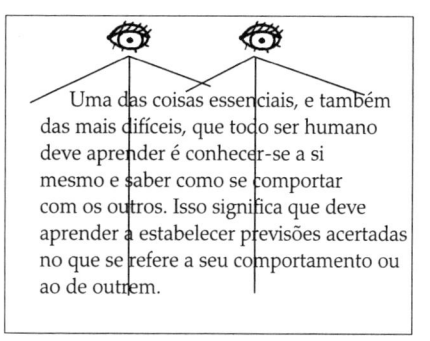

> 👁   👁
>
> Uma das coisas essenciais, e também das mais difíceis, que todo ser humano deve aprender é conhecer-se a si mesmo e saber como se comportar com os outros. Isso significa que deve aprender a estabelecer previsões acertadas no que se refere a seu comportamento ou ao de outrem.

- *Instruções*
1. Leia o texto preparado posicionando seu olhar nos traços de maneira que englobe com um único olhar cada porção de linha.
2. No fim de sua leitura, procure recuperar o conteúdo do texto.

* Exercício 5

Repita o trabalho feito anteriormente, mas cada porção de linha deve conter uma palavra suplementar.

→ Repita este treinamento com vários textos fixando-se como objetivo apreender quatro ou cinco palavras numa única fixação visual. Conserve o ritmo para todas as suas leituras ulteriores, mesmo que você não prepare materialmente o texto.

Se esta maneira de proceder perturba particularmente seus hábitos, persevere repetindo a si mesmo que terá o sucesso como resultado. A leitura por pontos de fixação não tardará a inscrever-se em seus atos automáticos.

5. ADQUIRIR UM OLHAR ÁGIL

5.1
Uma mobilidade ocular ampliada...

Os estudos sobre o funcionamento do olho ao longo do ato de ler evidenciaram duas particularidades do leitor eficaz:
– ele utiliza plenamente seu campo visual (ver a parte anterior);
– ele tem tempos de fixação reduzidos, da ordem de 100 a 200 milissegundos. O leitor pouco experiente, por sua vez, tende a deter-se por mais tempo nas palavras: seus olhos não se deslocam com velocidade.

Desenvolver sua mobilidade ocular a fim de reduzir a duração das fixações constitui o objetivo deste capítulo.

5.2
...Graças a um percurso guiado

Antes de passar ao treinamento, faça esta pequena experiência[5]:

Primeiro momento: Peça a um amigo que siga lentamente com o olhar um círculo imaginário e

---

5. Experiência extraída de T. Buzan, *Une tête bien faite*, ed. Organisation, 1981.

observe-o. O que você constata? O trajeto seguido pelo olho não se assemelha em absoluto a um círculo...

Segundo momento: Peça a seu amigo que siga com o olhar um círculo que você traça no ar com o dedo indicador. O trajeto merece, desta vez, o nome de círculo.

Por que essa diferença? No primeiro caso, os olhos se deslocam sem referência material; no segundo, são guiados por seu dedo e, assim sendo, são muito mais confiáveis. O mesmo acontece com a leitura. Em sua infância, é possível que você seguisse o texto com o dedo, mas, como os adultos lhe asseguraram ser esse um mau hábito, você renunciou a ele. Na realidade, o dedo guia a leitura e a torna mais fácil. Além de não a retardar, revela-se um meio eficaz de acelerá-la. Basta que você o desloque cada vez mais depressa ao longo das sessões. Você pode também utilizar um lápis (ao contrário), uma caneta: sua postura se mostrará mais descontraída, o mesmo acontecendo com seu espírito.

> **Em suma, lembre-se...**
> - A leitura guiada é mais rápida: ela diminui o tempo de fixação do olhar.

TREINAMENTO

Objetivo: exercer a mobilidade visual.

*Exercício 1

1. Pegue um livro fácil de ler, cuidando para que as linhas não ultrapassem oito ou nove palavras (um livro de bolso é o mais indicado). Muna-se de um guia visual.
2. Leia o início e o fim de cada linha, por exemplo, a segunda e a penúltima palavra unicamente. Passe de uma linha à outra, sem se deter nem voltar atrás. No começo, por certo você não compreenderá nada do que está lendo, mas, progressivamente, chegará a apreender um pouco o conteúdo. O cérebro completará o que falta, segundo seu mecanismo habitual.

*Exercício 2

1. Pegue uma revista, um jornal ou qualquer outro texto composto em colunas estreitas.
2. Leia o título, a chamada, isto é, as linhas que precedem o próprio texto. Qual o tema abordado? Tente prever o conteúdo.
3. Posicione seu olhar no meio da coluna e, num movimento rápido e contínuo, passe de uma linha à outra não se detendo senão uma única vez por linha.

Se seus olhos mostram dificuldades de acostumar-se a esse ritmo, utilize uma máscara. Para isso, recorte uma pequena janela do comprimento e da largura da linha em papelão (uma ficha, um cartão de visita...). Desça a máscara de linha em linha e tome conhecimento do que aparece na "janela" num único olhar, sempre fixando o centro.

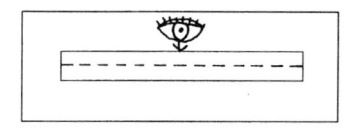

Mais uma vez, você ficará desorientado quando das primeiras tentativas; isso é normal. Você perceberá com muita rapidez que essa maneira de proceder é adequada à leitura de artigos de imprensa aos quais você não atribui uma importância fundamental. É muito provável, com efeito, que você apreenda o seu sentido geral.

Como isso é possível? Seu espírito, aguçado pela leitura do título e da chamada, está pronto para prever. Se a essa atividade mental ampliada você acrescentar o papel desempenhado por sua visão periférica – entrever o que não é realmente visto –, você compreenderá que esse fenômeno nada tem de espantoso, que é inteiramente compatível com o que você descobriu acerca do funcionamento intelectual e visual. O olho está a serviço da inteligência. Ainda é necessário confiar em seu potencial; isso talvez seja o mais difícil...

A técnica das três varreduras, situada no módulo 2 (pp. 92-3), completará o trabalho realizado nesta parte.

6. PASSAR À VELOCIDADE SUPERIOR

6.1
Por que ler com rapidez?

A resposta a essa pergunta é simples: se ler com rapidez, você compreenderá melhor. Tomemos o exemplo de um leitor diante de uma frase com quinze palavras ou mais, uma situação corriqueira. Se lê lentamente, ele pode, ao chegar ao fim da frase, já não se lembrar das primeiras palavras: não poderá apreender o seu sentido. Assim como o ciclista precisa rodar em certa velocidade para manter o equilíbrio, o leitor tem necessidade de chegar a determinada velocidade para seguir sem dificuldade a mensagem (250 palavras por minuto, no mínimo). Além disso, ao contrário de uma difundida opinião, os leitores rápidos demonstram uma melhor **memorização** dos textos lidos.

A velocidade é tanto mais importante na medida em que a quantidade a ser lida aumenta. No ensino secundário, as atividades arroladas como atividades de leitura são estudos de textos curtos, com cerca de trinta linhas. O leitor se acostuma à lentidão, ao palavra por palavra, aos retrocessos. Ora, chegando à Universidade, o estudante se vê diante de leituras muito mais numerosas. A aquisição de um percurso mais dinâmico é então indispensável.

Em suas *Propos sur l'éducation*, o filósofo Alain escrevia: "De todas as operações do espírito que dependem da mecânica, seria preciso dar um incentivo à velocidade." E, mais adiante, evocando os leitores lentos, acrescentava: "Eles lêem como cavam, um monte de terra depois do outro, e todo o espírito se acha na lâmina da pá."[6]

6.2
Quem pode o mais pode o menos

Saber ler com rapidez se revela o melhor meio de ler lentamente quando essa é nossa vontade. Aquele que domina a rapidez pode moderar o ritmo; o inverso não ocorre. Todo o problema consiste em ter escolha. Ora, salvo exceção, o ensino só prepara para um único comportamento de leitura.

6.3
Não queime as etapas

Rapidez e compreensão são dois aliados na leitura. Não obstante, atenção: não queime as etapas. Leia o mais rapidamente possível, mas, se constatar que sua compreensão não está tão boa, retroceda um pouco. Algum tempo mais tarde, com um pou-

---
6. Alain, *op. cit.*

co de treinamento, você poderá voltar a acelerar sem risco de prejudicar a qualidade de sua leitura. Cabe a você encontrar sua velocidade ideal para esse estágio de seu percurso.

6.4
Balize seu itinerário

O módulo de lançamento enfatizou a enorme importância de fixar objetivos próprios. Você conhece, graças aos testes iniciais, sua velocidade de leitura e sua porcentagem de compreensão.

É fácil para você construir sua progressão a curto e a longo prazos.

A curto prazo, você pode decidir aumentar sua velocidade de leitura de 10 para 20 palavras por minuto, quando de cada sessão ou exercício.

Você sabe que as conquistas, mesmo modestas, o colocam numa situação que favorece o êxito.

A longo prazo, comprometa-se a passar de 250 para 350 palavras por minuto, por exemplo, num mês, depois para 450 palavras no prazo seguinte etc. Tudo depende, é claro, de seu ponto de partida, mas é desejável atingir 600 palavras no fim do treinamento. Você pode mesmo superar amplamente esse número.

Registre seus resultados num gráfico como o que lhe é proposto na página 73: desse modo, seu cérebro direito visualizará sua progressão.

Na prática, como avaliar o tamanho de um texto? Basta que você conte o número de palavras de uma linha (não a primeira, mas a segunda ou terceira), conte em seguida o número de linhas e realize uma multiplicação. Você obterá o número aproximado de palavras, o que lhe permitirá ir além dos exercícios deste livro.

6.5
Chaves para uma leitura rápida

No capítulo anterior, os exercícios já aumentaram sua rapidez. Este capítulo apresenta a particularidade de não propor um treinamento específico, mas indicar-lhe as chaves graças às quais você melhorará consideravelmente sua velocidade.

Leia com os olhos

Todos aprenderam a ler em voz alta. Da mesma maneira, com a contribuição do sistema límbico, você talvez continue a mover os lábios ao ler ou até a pronunciar as palavras, na ausência de um ouvinte.

Esse hábito retarda consideravelmente a leitura. Você compreenderá por que à luz destas duas perguntas.

– Você pode ver com um único olhar as duas palavras "um livro"?

– Você pode pronunciar essas duas palavras ao mesmo tempo?

O que você deduz disso? Se duas palavras (até muito mais) podem ser vistas de uma só vez, mas têm de ser pronunciadas em duas ou várias vezes, é sem dúvida muito mais rápido fazer uso unicamente dos próprios olhos. Com efeito, **a oralização freia a progressão**, pois obriga a ler palavra por palavra. Dois números são, no que diz respeito a isso, significativos. O leitor silencioso percorre cerca de 27.000 palavras por hora; aquele que lê em voz alta não consegue ultrapassar 9.000 palavras por hora, ou seja, três vezes menos.

E se você é auditivo? Fique tranqüilo, a leitura visual não é incompatível com seu modo de funcionamento. É verdade que, para compreender uma mensagem, você precisa ter sua consciência fônica. Mas essa consciência fônica não se vincula em absoluto com a oralização, que implica a ativação de todo o aparelho bucofaríngeo.

Além disso, como a vocalização contribui, em seu caso, para a memorização, você poderá eventualmente, na aprendizagem de uma aula, ler, e até comentar, em voz alta alguns elementos-chave: títulos, subtítulos, resumo (elaborado ou não por você mesmo).

Como saber se você cochicha enquanto lê?
– Ponha um dedo na boca: seus lábios se movem?
– Apóie levemente o dedo indicador na garganta: sua laringe vibra?

Se você constatar que seus lábios ou sua laringe estão em movimento, exercite-se para ler unicamente com os olhos; verifique de vez em quando por um dos dois meios indicados se procede efetivamente dessa maneira.

Vá em frente

As pesquisas mostraram que o olhar do leitor eficaz avança regularmente, sem hesitações, ao longo da linha de um texto, ao passo que o olhar do leitor pouco treinado tem uma propulsão irregular e efetua freqüentes retrocessos que interrompem seu ritmo de progressão. Esse hábito de voltar atrás para verificar uma palavra, uma frase, diminui a velocidade da leitura. O olho perde tempo, em primeiro lugar, para voltar para trás e, em seguida, para encontrar o ponto do texto em que parou.

Na maioria dos casos, essas regressões são inúteis. Se você topa com uma palavra desconhecida, é preferível, num primeiro momento, ir em frente. Na maior parte das vezes, a seqüência do texto esclarece o sentido do que parecia obscuro. Além disso, é muito mais fácil de reter o que se lê quando se tem uma visão de conjunto rápida e dinâmica do que quando se interrompe a leitura por verificações intempestivas.

Para se convencer, faça uma pequena experiência. Leia uma página, um texto, um capítulo sem se deter, mesmo em caso de dificuldade. Sem recorrer ao escrito, tente recuperar seu conteúdo. Você perceberá sem dúvida que compreendeu e memorizou do mesmo modo, se não melhor, procedendo desta maneira.

Na realidade, os retrocessos, muito freqüentes em numerosos leitores, se devem a uma falta de confiança, a uma ansiedade muito difundida no ato de ler. Se você provou a si mesmo, por meio do teste anterior, que as regressões não são construtivas, a partida está ganha. Você aumentará notavelmente sua velocidade de leitura em algumas semanas.

Se os retrocessos estão de tal modo alicerçados em você que você recorre a eles maquinalmente, utilize provisoriamente uma régua chata ou uma folha de papel e oculte as linhas à medida que as for lendo.

Vigie seu relógio

É verdade que existe outra causa para a regressão: a falta de concentração. Você pensa em outra coisa, perde o fio de sua leitura, volta atrás... Para manter sua atenção no decorrer da leitura, uma técnica simples e eficaz: uma olhada no seu relógio. Calcule aproximadamente o tempo que você deveria dedicar a esta ou àquela leitura e cuide para não ultrapassar esse período. Um tempo limitado é utilizado ao máximo: ele favorece a atenção.

Em suma, lembre-se...
- Velocidade limitada para a fala, não para a leitura.
- O retrocesso: uma manobra a evitar na leitura.
- Uma atenção mantida graças a um aliado: o relógio.

Gráfico de progressão (a ser reproduzido em formato ampliado)

Velocidade em número de palavras por minuto

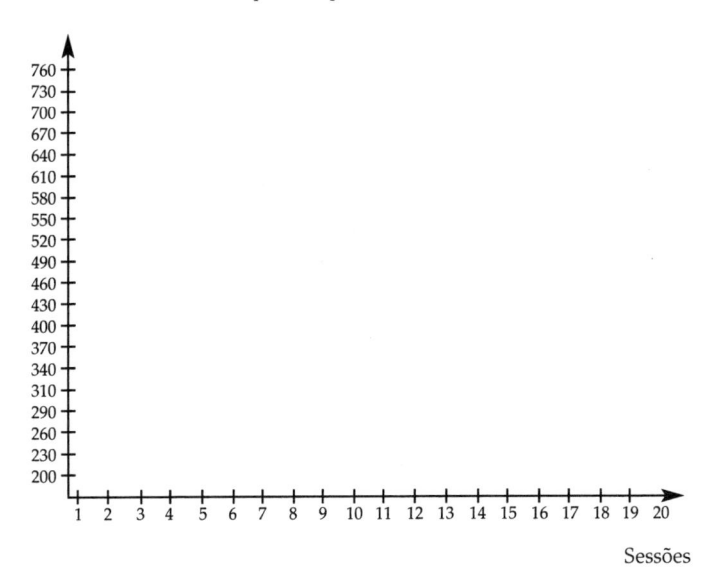

760
730
700
670
640
610
580
550
520
490
460
430
400
370
340
310
290
260
230
200

1 2 3 4 5 6 7 8 9 10 11 12 13 14 15 16 17 18 19 20

Sessões

O MÓDULO EM ESQUEMAS

Esquema 1: três perfis de leitor

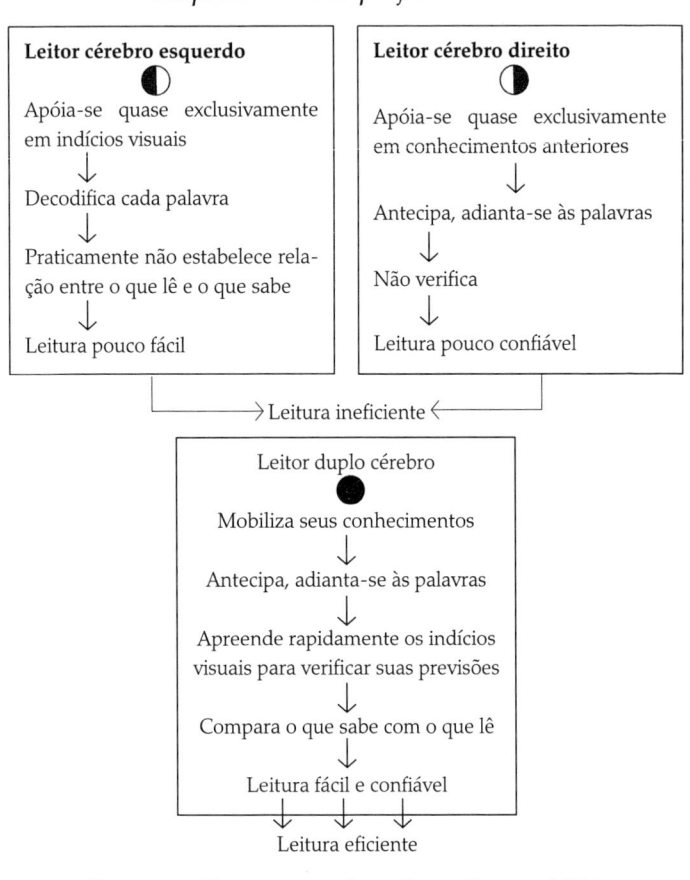

Leitor cérebro esquerdo

Apóia-se quase exclusivamente em indícios visuais
↓
Decodifica cada palavra
↓
Praticamente não estabelece relação entre o que lê e o que sabe
↓
Leitura pouco fácil

Leitor cérebro direito

Apóia-se quase exclusivamente em conhecimentos anteriores
↓
Antecipa, adianta-se às palavras
↓
Não verifica
↓
Leitura pouco confiável

→ Leitura ineficiente ←

Leitor duplo cérebro

Mobiliza seus conhecimentos
↓
Antecipa, adianta-se às palavras
↓
Apreende rapidamente os indícios visuais para verificar suas previsões
↓
Compara o que sabe com o que lê
↓
Leitura fácil e confiável
↓ ↓ ↓
Leitura eficiente

Esquema 2: o tempo de colocação em órbita

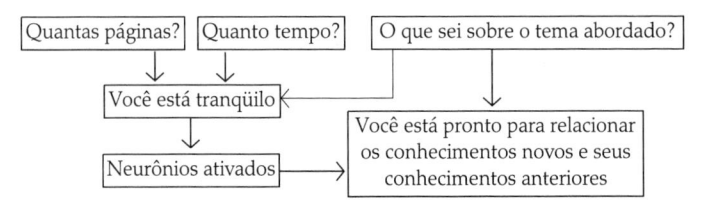

| Quantas páginas? | Quanto tempo? | O que sei sobre o tema abordado? |

↓ ↓ ↓

Você está tranqüilo
↓
Neurônios ativados →

Você está pronto para relacionar os conhecimentos novos e seus conhecimentos anteriores

MÓDULO 2: MANEJAR AS ESTRATÉGIAS DE LEITURA SELETIVA

Você se acha diante de uma impressionante pilha de livros, de jornais. Você deseja, entre esses documentos, selecionar aqueles que abordem o tema ou a questão tratado(a). Como proceder?

Você quer em seguida, nos documentos escolhidos, encontrar de imediato o(s) capítulo(s), as páginas pertinentes a seu projeto. Qual o caminho a seguir?

Por fim, você deseja localizar rápida e eficazmente certo número de informações. Como ir direto ao objetivo?

Foi para responder a essas três perguntas que este módulo foi concebido. Nele, você aprimorará seus métodos de pesquisa e descobrirá outros.

1. EXPLORAR

1.1
Por que explorar?

A exploração é uma estratégia que permite:

– desvelar o conteúdo de um livro, de um texto, sem lê-lo de A a Z;
– orientar-se no âmbito do livro a fim de determinar as passagens que correspondem aos objetivos.

1.2
Como explorar?

Antes de estudar as estratégias a pôr em prática, faça uma pesquisa prévia. Pegue três ou quatro obras que não sejam livros narrativos. Examine-as seguindo o percurso proposto.
– Quais as indicações apresentadas nas duas páginas de capa ("capa" e "quarta capa")?
– O que há antes do primeiro e depois do último capítulo?
– Que papel desempenham os elementos situados na periferia do livro?
– Como eles estão organizados?
– Pegue em seguida um capítulo ao acaso, folheie-o prestando atenção nos elementos enfatizados pela tipografia. Quais são esses elementos?

Tendo realizado esse trabalho, você estará em melhores condições de beneficiar-se das pistas que o convido a seguir.

1.3
Pistas para escolher um livro e localizar a passagem pertinente

Examine o título

Ele já revela o conteúdo.

Leia as indicações apresentadas na página de título e nas duas páginas de capa

Além do título, essas páginas comportam informações valiosas.
– Elas mencionam o nome do **autor**: quem é ele, o que faz, é competente (por exemplo, o tema do livro se vincula à sua profissão)?
– Elas mencionam o nome da **coleção** à qual pertence o livro. As obras de uma mesma coleção formam uma unidade. Você já leu outras obras dessa coleção?
– A quarta capa costuma fornecer uma **apresentação do livro**: seu tema, o projeto do autor.

Verifique a data

Procure sempre consultar as fontes mais recentes. Além disso, para os temas atuais, pense em consultar jornais que permitam uma atualização constante.

Percorra o prólogo e o prefácio

No prólogo (às vezes denominado introdução ou advertência), o autor indica os objetivos visados em sua obra. O prefácio desempenha o mesmo papel, mas é redigido por outra pessoa que não o autor.

Percorra a conclusão (ou epílogo)

A conclusão representa a finalização do livro: nela, o autor emite as palavras finais. Você terá um apanhado do trajeto percorrido.

Consulte os guias incluídos nas obras

Sumário e índice são as verdadeiras chaves dos livros. Eles o orientam e evitam que você procure ao acaso.

Percorra os lugares estratégicos

Com a revista ou o livro aberto nas páginas consideradas interessantes, não é indispensável ler essas páginas por completo. Você pode começar por fazer uma idéia do que elas contêm. Como?

– **Lendo o começo ou o fim do capítulo ou dos artigos**. Você encontrará aí uma indicação dos pontos tratados e, com muita freqüência, um resumo. Numa revista científica, o resumo (ou *abstract*) precede o artigo.

- **Explorando os títulos, os subtítulos**: eles permitem conhecer as idéias abordadas na passagem. Desse modo, você poderá "saltar" as partes que não são úteis a seu trabalho.
- **Olhando as ilustrações e suas legendas**.
- **Prestando atenção às palavras sublinhadas, aos termos em destaque**.

Leia algumas passagens

Leia algumas linhas ao acaso, em capítulos diferentes, a fim de avaliar a legibilidade do livro.

Dê uma olhada na arquitetura

Folheie rapidamente o livro: como ele é organizado? Sua apresentação é clara? As diferentes partes dos capítulos se distinguem bem?

Esses métodos de pesquisa se aplicam a todos os documentos escritos[1]. Aos livros e trechos significativos delimitados graças a uma rápida leitura seletiva você reservará uma leitura completa e aprofundada (ver o módulo seguinte). Você terá mais tempo para dedicar a eles. Essa maneira de proceder é muito mais judiciosa do que ler tudo com a mesma atenção.

....
1. Os artigos publicados na imprensa se prestam a uma técnica complementar, a leitura-filtragem, que estudaremos nos parágrafos seguintes.

Além disso, ela apresenta uma grande vantagem: o leitor domestica o texto. Em lugar de se encontrar diante de um impenetrável matagal, ele dispõe de balizas, sabe para onde se dirige.

TREINAMENTO

Objetivo: saber depreender rapidamente o conteúdo de uma obra.

Pegue uma obra documental (do latim *documentum*, "o que serve para instruir"). Escolha de preferência um livro que possa lhe servir em seus estudos; assim, você ficará mais motivado.

Você tem dez minutos para tomar conhecimento da obra:
– examine a capa e a quarta capa;
– percorra o prólogo e o prefácio;
– percorra a conclusão ou o epílogo;
– dê uma olhada no sumário;
– folheie o livro;
– leia o início e o fim do primeiro e do último capítulos;
– leia algumas linhas ao acaso.

A partir das informações coligidas, proceda como se apresentasse o livro a outro estudante. Pense em abordar os seguintes pontos:
– a proveniência do livro;
– o conteúdo do livro, o tipo de plano, a linguagem e o tom empregados pelo autor;
– o público visado.

Repita a atividade com outras obras concedendo-se cinco minutos em vez de dez. Você não tardará a perceber que, procedendo dessa maneira, já tem uma visão geral dos livros. Você poderá selecionar suas leituras com conhecimento de causa, sem assustar-se com a quantidade.

2. FILTRAR

O objetivo da leitura-filtragem assemelha-se ao da leitura-exploração: **detectar a idéia essencial** de um escrito **sem o ler por inteiro**. Mas esta estratégia é mais especialmente adaptada aos **textos curtos**, em particular aos artigos publicados na imprensa. Para compreender o seu interesse, faça a seguinte experiência.

EXPERIÊNCIA:
DESCUBRA A LEITURA-FILTRAGEM

Primeira parte

1. Leia o título e a chamada do texto a seguir.
2. Leia por inteiro o primeiro parágrafo.
3. Leia imediatamente depois o último parágrafo.
4. Leia os intertítulos.
5. Leia o início dos outros parágrafos.
6. Afaste o texto e anote as idéias conservadas como resultado dessa leitura parcial.

Segunda parte

1. Leia agora o texto por completo, da primeira à última palavra.
2. Afaste o texto e anote as idéias conservadas como resultado dessa leitura completa.

Terceira parte

Compare os resultados obtidos a partir das duas leituras.

A vida em três tempos. Ativos contra inativos: rumo à sociedade dual?

É imperativa uma revolução do tempo de viver para evitar a eclosão do conflito entre grupos sociais

A duração do trabalho diminui enquanto a de nossa vida aumenta. Portanto, dispomos cada vez mais de tempo dedicado ao lazer. Mas este é distribuído de modo muito desigual ao longo de nossa existência e entre os indivíduos. Tão mal distribuído que se pode temer a explosão de intensos conflitos que oponham o número crescente de inativos de todas as idades à minoria daqueles que dispõem de um emprego. A menos que se instaure uma divisão diferente do tempo que acarrete uma transformação radical de nossos modos de vida. Nossa existência é hoje estranhamente cortada em três fatias quase estanques: a primeira dedicada aos estudos, a segunda ao trabalho e a terceira à aposentadoria. Com, apesar de tudo, dois períodos de precariedade particular, um para os jovens quando entram no mercado de trabalho, o outro para os qüinquagenários ameaçados cada vez mais cedo por pseudofórmulas de aposentadoria.

Está em via de acontecer uma transformação fundamental nessa vida de três tempos em virtude notadamente da ampliação dos períodos que abarcam nossa vida ativa. O tempo dedicado ao trabalho se reduz, o dos estudos se prolonga e mais ainda o da aposentadoria, que se estende doravante a mais de vinte anos.

Nossa população, em si, mostra-se dividida em duas categorias: a dos ativos que dispõem de um emprego, que vivem basicamente das receitas que ele lhes proporciona e asseguram, de modo fundamental, através dos impostos e das contribuições sociais, o financiamento do sistema de proteção social; a dos inativos, excluídos do mundo do trabalho e vivendo essencialmente das pensões de aposentadoria, dos salários-desemprego, mas também do seguro-saúde. Entre essas duas categorias, duas espécies particulares – a dos funcionários, que desfrutam de uma excessiva garantia de emprego, e a dos "mutantes", que vivem, forçosamente ou de bom grado, de empregos precários.

França, 2020: 15 milhões de pessoas idosas e 15% de desempregados

Temo muito que o número de inativos aumente rapidamente por causa de nossa evolução demográfica, bem como de uma situação pouco favorável ao emprego. A Segunda Guerra Mundial, como todos sabem, foi seguida de um *baby boom* que veio inchar os efetivos de ativos durante um período infelizmente pouco propício ao emprego. Essas crianças terão a idade fatídica de sessenta anos a partir de 2005, reforçando a massa de pessoas idosas. Estas, hoje calculadas em 10,5 milhões, serão quase 12 milhões a partir do ano 2000, mas mais de 15 milhões em 2020, isto é, quase um de cada três franceses... Acrescentemos enfim que certo número estará cada vez mais idoso em virtude da considerável ampliação de nossa expectativa de vida (hoje oitenta anos para as mulheres e setenta e dois anos para os homens) graças à melhoria da higiene e da prevenção, assim como aos progressos da medicina e das ciências da vida.

Cada vez mais "velhos" vivendo cada vez mais tempo, logo cada vez mais aposentadorias a pagar e, verossimilmente, cada vez mais despesas com saúde com que consentir porque é mais freqüente ficarmos doentes no fim da vida, porque as façanhas médicas são onerosas e porque, não sabendo o que fazer de seus velhos, nossa sociedade os medica em excesso...

O envelhecimento é inevitável, tal como o aumento muito alentado dos candidatos a emprego, resultante da chegada ao mercado de trabalho das crianças ainda bastante numerosas nascidas durante os anos 70, assim como do aumento muito provável do número de mulheres que trabalham fora. E isso no momento em que o sistema de produção, exposto a uma concorrência internacional cada vez mais intensa, deverá ineluctavelmente privilegiar os investimentos de produtividade em detrimento do emprego.

Além disso, os ganhos de produtividade gerados pelas novas tecnologias podem reduzir o emprego.

E podem igualmente levar as empresas a prescindir de cada vez mais trabalhadores cujo custo salarial aumenta com a antiguidade no emprego. Assim, os ativos serão cada vez mais cedo exortados a deixar o emprego, os jovens, sem dúvida menos numerosos, a prolongar seus onerosos estudos, e os ativos excedentes, a enfrentar o desemprego que, em 1995-2000, poderá de fato superar os 15%.

Desse modo, poderíamos contabilizar na França, no horizonte do ano 2000, dois inativos sustentados pelo salário-desemprego por ativo empregado e, como os primeiros vivem sobretudo das antecipações feitas com relação a estes últimos, podemos defrontar com um agudo dilema: ou aumentar consideravelmente os impostos e as contribuições sociais para enfrentar as necessidades crescentes de inativos cada vez mais numerosos, correndo o risco de impor ao sistema produtivo uma desvantagem insuportável e de provocar a evasão fiscal, se não a dos trabalhadores; ou reduzir os salários-desemprego de qualquer natureza oferecidos aos inativos e notadamente aos aposentados e aos desempregados que, sem som bra de dúvida, se contraporão energicamente à negação dos direitos que consideram legitimamente adquiridos. Não creio que uma divina recuperação de crescimento econômico possa remediar esse grave desequilíbrio. Mas a guerra das idades não é uma fatalidade.

Feliz é essa época caracterizada pelo advento de máquinas que criam simultaneamente tempo livre e riqueza. Resta distribuir melhor esse diminuto tempo de trabalho exigido pelo sistema de produção, a riqueza que ele propicia e o tempo livre de que dispomos, esperando que uma parte deste último seja investida nos trabalhos que, embora possam não ter nenhum valor monetário, mostram ser de grande utilidade social.

*Distribuir melhor a riqueza e o tempo
entre todos os cidadãos*

Não contentes em assim distribuir a riqueza e o tempo de maneira mais eqüitativa entre nossos concidadãos, talvez possamos distribuí-los melhor ao longo das idades, de forma que não se esteja em absoluto obrigado a uma escolaridade exclusiva, ao ócio em tempo integral e a um emprego sem tempo para o lazer... Em suma, que nos beneficiemos de alternâncias em nossas atividades enfim plurais.

Hugues de Jouvenel,
Ça m'intéresse, n.º 100, junho de 1989 (pp. 80-1).

2.1
A leitura-filtragem: que concluir dela?

A comparação das anotações depois da leitura parcial e depois da leitura integral conduziu-o sem dúvida a constatar que a segunda leitura permite memorizar mais idéias secundárias, mais detalhes, mas não contribui com nada de novo no que se refere às idéias principais e à tese defendida.

Pode-se portanto concluir que, para ter uma idéia do sentido geral de um texto desse tipo, para saber se ele deve ser selecionado ou não, pode-se dispensar uma leitura completa. Basta prestar atenção às passagens que concentram a maior quantidade de informações.

2.2
Os fundamentos da leitura-filtragem

O princípio da leitura-filtragem repousa, de fato, no conhecimento da construção de um texto. Ele consiste em ler, além do título, os lugares de articulação. Quais são eles?
– **A introdução**, que anuncia o tema a ser abordado e, às vezes, indica o plano; num artigo jornalístico, a introdução comporta amiúde um procedimento de apelo destinado a atrair a atenção.
– **A conclusão**, que recapitula os diferentes pontos considerados e sintetiza o essencial do desenvolvimento.
– **A primeira frase dos parágrafos**, que fornece um apanhado do que será tratado na passagem e contém elementos de ligação com o que vem antes.
– **A última frase dos parágrafos**, em dois casos bem precisos. Em primeiro lugar, é útil lê-la se o parágrafo é particularmente denso: essa frase marca então a transição entre o parágrafo que se encerra e o seguinte. Em segundo lugar, é acertado percorrê-la se o parágrafo inicia por uma ane-

dota ou um exemplo; esta última frase comporta então a idéia principal.

Os parágrafos que sempre se organizam em torno de uma idéia principal podem com efeito ser construídos de acordo com duas estruturas principais. Na estrutura dedutiva, o autor parte de uma idéia principal que corrobora em seguida mediante idéias complementares (exemplos, provas, argumentos...). Na estrutura indutiva, ele começa, ao contrário, por fornecer alguns fatos e termina com a idéia principal, conclusão do que foi enunciado.

Quando você tiver selecionado livros e textos, estabeleça uma bibliografia com a finalidade, ao mesmo tempo, de encontrar facilmente os documentos e de poder citar suas fontes, em particular em casos de citações: "Dai a César o que é de César..."

TREINAMENTO

Objetivo: saber beneficiar-se do título e da chamada de um artigo para prever o conteúdo.

Exercício 1
1. Temos aqui o título e a chamada de um artigo de jornal. Leia-os e, a partir desses elementos, anote as perguntas cujas respostas podem ser dadas pelo artigo; em outras palavras, destaque a problemática do texto.

O saturnismo continua a devastar

Por habitar moradias insalubres, duas crianças morreram em Paris em 1985. Duas crianças que não puderam ser salvas a tempo porque a doença que as matou é dificilmente detectável. Ela se chama saturnismo e é uma verdadeira "epidemia" silenciosa. Na origem desse flagelo: a pintura com alvaiade.

Fabienne Maleysson, Que Choisir?, *n.º 268, janeiro de 1991.*

Se você tiver dificuldades para iniciar o trabalho, pense nas perguntas que permitem tomar conhecimento de um assunto:
– Quem?
– O quê (os fatos, o problema)?
– Quando (a data, a época)?
– Como (os meios, o desenvolvimento)?
– Quanto (as quantidades, as medidas)?
– Por quê (as causas)?
 Para quê (em duas palavras: os motivos, os objetivos)?
– Quais as conseqüências?
– Quais as soluções?

Você pode cruzar essas questões entre si (por quê, onde...) e cruzá-las com diversas preposições (com quem, para quem...).

2. Uma vez arroladas suas perguntas, recorra ao texto do artigo na página 157 e compare.

Algumas perguntas ficaram sem resposta? Nesse caso, pense se elas eram úteis. Se responder que sim, é possível que o artigo esteja incompleto (talvez por falta de espaço...). Se responder que não, sua problemática era demasiado rica com relação à amplitude do texto.

O artigo fornece informações não previstas por você? Sim? Então, exercite-se no questionamento por meio das pistas fornecidas acima. Estas lhe serão igualmente úteis para "perseguir as idéias" quando você já não for leitor mas autor; elas lhe evitarão a angústia da página em branco...

Objetivo: saber manejar a leitura-filtragem.

Exercício 2

1. Escolha um artigo de revista.
2. Leia o título e a chamada do artigo.
3. Leia o primeiro parágrafo (a introdução).
4. Leia o último parágrafo (a conclusão).
5. Leia os intertítulos.
6. Leia a primeira e, no caso de um parágrafo longo, a última frase de cada parágrafo.
7. Anote os pontos que, segundo você, são abordados no artigo.
8. Para se assegurar de que a leitura-filtragem lhe permitiu apreender os pontos essenciais, leia o texto inteiro e compare. Seu sistema límbico, persuadido da confiabilidade desta estratégia para ter uma idéia do conteúdo de um escrito, ficará mais inclinado a utilizá-la.

→ Repita a estratégia da leitura-filtragem sempre que tiver ocasião de fazê-lo.

3. LOCALIZAR

3.1
O que é a leitura-localização?

A leitura-localização consiste em **apreender uma informação precisa**: um nome, um número, uma resposta a uma pergunta pontual. Como o espaço a levar em conta foi eventualmente determinado pelas estratégias da exploração e da leitura-filtragem, o leitor percorre o escrito em busca da informação desejada: seu olhar é seletivo.

3.2
Quando praticar a leitura-localização?

Alguns documentos requerem obrigatoriamente esta técnica de leitura e são concebidos para favorecê-la: índices, dicionários, anuários... Mas todos os tipos de texto, incluindo as obras literárias, podem prestar-se a ela. Se, para se distrair ou se instruir, você lê um romance, sem dúvida o lê por inteiro: sua leitura é integral. Se lê esse mesmo romance para distinguir alguns elementos (os lugares, as personagens, os diálogos...) ou ainda para encontrar uma citação, você emprega a técnica da localização.

A condução da leitura depende portanto da natureza do escrito, mas também do projeto do leitor.

É o motivo por que é importante determiná-lo no início: para que você lê? Com que objetivo? O espírito guia o olho.

3.3
Como melhorar a leitura-localização?

Todos vocês tiveram ocasião de praticar esta estratégia. Não se trata de descobri-la (você nunca leu um dicionário como um poema), mas de aprimorá-la, de torná-la mais eficaz para todos os tipos de texto. Isso necessita de uma grande mobilidade ocular: o olhar, tal como um radar, deve percorrer as linhas a fim de detectar a informação desejada. Trata-se de uma habilidade que você já exercitou no módulo 1. Agora acrescentará a isso o domínio das três varreduras.

3.4
Três varreduras para uma localização operacional

A varredura horizontal é a mais freqüente para você. Trata-se de percorrer as linhas da esquerda para a direita. É útil para localizar elementos num texto de linhas contínuas com oito-nove palavras no mínimo, por exemplo, os termos vinculados a um campo lexical.

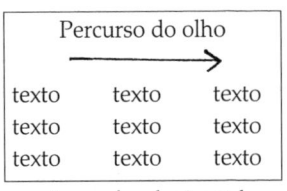

Percurso do olho		
────────→		
texto	texto	texto
texto	texto	texto
texto	texto	texto

A varredura horizontal

Aperfeiçoe esta técnica:
– acelerando sua velocidade;
– começando seu percurso na segunda palavra de cada linha e encerrando-o na penúltima (ver p. 61).

A varredura vertical consiste, por sua vez, em percorrer as linhas de cima para baixo. Deve ser empregada quando você está diante de listas, de textos em colunas estreitas.

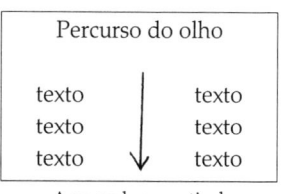

Percurso do olho
texto   texto
texto   texto
texto ↓ texto
A varredura vertical

Aperfeiçoe esta técnica:
– acelerando sua velocidade;
– fixando o meio das linhas;
– apreendendo duas linhas ao mesmo tempo.

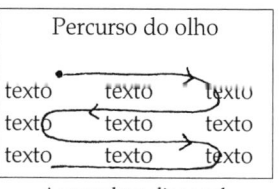

A varredura diagonal consiste em percorrer um texto em "ziguezague", pulando linhas. É indicada para detectar, num texto, a frase que contém a resposta a uma pergunta, podendo essa frase ser em seguida retomada em leitura integral a fim de extrair a informação.

Esta é sem dúvida a técnica menos conhecida por você. Ao exercitar-se para usá-la, pense em ficar sempre numa posição recuada com relação ao início e ao fim das linhas.

Ainda que cada tipo de varredura seja o mais indicado neste ou naquele caso, você pode muito bem utilizar as três técnicas em alternância segundo a apresentação material do texto e segundo o tipo de informação que procura. Seja qual for o procedimento empregado, recorra a um lápis, a uma caneta... para guiar seu percurso.

Você vai agora se exercitar nas três varreduras, mas as séries de exercícios não representam senão uma etapa para compreender a técnica. Para que as estratégias sejam de fato integradas, utilize-as em todas as suas leituras de pesquisa; não faltarão ocasiões. Nunca comece uma leitura sem ter escolhido a maneira pela qual vai conduzi-la, mesmo que, no percurso, você tenha de modificar sua trajetória segundo suas descobertas.

Neste estágio de seu treinamento, você é capaz de esboçar o retrato do leitor eficaz. Quais são suas características? Recapitule-as antes de ler o que vem a seguir.

....

Compare com suas respostas ao questionário da página 30.

Em suma, lembre-se...
- Um leitor eficaz avança sem hesitar.
- Um leitor eficaz lê essencialmente com os olhos.

- Um leitor eficaz possui um olhar preciso e hábil, vendo muito ao mesmo tempo.
- Um leitor eficaz lê com rapidez. Para compreender um texto, é preferível lê-lo rapidamente várias vezes, de diferentes perspectivas, a lê-lo uma única vez com lentidão.
- Um leitor eficaz é um leitor ativo: participa da construção do sentido, prevê, questiona.
- Um leitor eficaz não se precipita, de cabeça baixa, na leitura de um documento. Ele verifica pontos de referência, orienta-se graças aos guias à sua disposição.
- Um leitor eficaz busca obter uma visão geral da página que abordará.
- Um leitor eficaz faz uso de estratégias para localizar as passagens que o interessam. Ele pode assimilar, sem pressa, pontos essenciais em lugar de demorar-se nos detalhes.
- Um leitor eficaz se adapta ao terreno, sua leitura é flexível. Assim como um motorista não dirige do mesmo modo numa estrada, em uma estrada vicinal ou numa aglomeração urbana, assim também o leitor judicioso não conduz sua leitura de forma idêntica com relação a todos os escritos. Ele modifica seu comportamento de acordo com as dificuldades do trajeto. Ora lê depressa, ora lê com vagar, ora lê parcial, ora integralmente. Abandona seus escrúpulos escolares: não se restringe ao palavra por palavra, ele "salta" como lhe parece melhor.

> • Um leitor eficaz é um leitor que toma um distanciamento visual e intelectual. Beneficia-se de seu cérebro direito, que precisa elevar-se para apreender conjuntos, estruturas. A águia não vê a paisagem da mesma maneira que uma formiga. Deve-se, alternadamente, ser águia e formiga.

TREINAMENTO

Primeira série

Objetivo: dominar a varredura horizontal para localizar a informação.

Percorra rapidamente cada série de palavras a fim de localizar o termo genérico, isto é, o termo mais geral que engloba todos os outros.

→ Utilize uma guia visual que você desloque com a maior rapidez possível ao longo das linhas.

* Exercício 1

Início da cronometragem...

1. alumínio – aço – metal – níquel – ferro – bronze – ouro – prata – cobre.
2. eflúvio – recendência – perfume – aroma – bafio – pestilência – emanação – exalação – odor.
3. banquete – festim – piquenique – jantar – colação – refeição – almoço – ceia – lanche – merenda.
4. luzir – chamejar – ofuscar – brilhar – faiscar – cintilar – refletir – rutilar – irradiar – revérbero – resplandecer.

5. armário – estante – baú – cofre – vitrina – canapé – móvel – toucador – velador – aparador – mesa – banco – divã – poltrona – escrivaninha.
6. assombro – temor – apreensão – agitação – tormento – medo – terror – pavor – susto – pânico – comoção – angústia – ansiedade – aflição.
7. carta – despacho – missiva – sobrescrito – bilhete postal – telegrama – carta registrada – vale postal – correspondência – telex.
8. burburinho – balbúrdia – algazarra – banzé – tumulto – alvoroço – barulho – bulha – clamor – murmúrio – rumor – desordem – bacanal – contenda.
9. besta – sabre – alabarda – azagaia – mosquete – funda – arma – fuzil – carabina – bacamarte – metralhadora – gládio.
10. chuva – ciclone – borrasca – tempestade – regelo – intempérie – neve – furacão – garoa – nevoeiro – geada – trovoada – tufão – tornado.

...Fim da cronometragem
Tempo empregado: ...   Número de respostas certas. ...

Exercício 2

Início da cronometragem...

1. balada – cantata – cantilena – elegia – epigrama – epopéia – trova – hino – poema – solau – fábula – madrigal – ode – soneto – modinha popular – tragédia.
2. livro – revista literária – jornal – prospecto – brochura – anuário – catálogo – publicação – obra – notícia – diário – revista.

3. concerto – ária – melodia – orquestra – rock – coro – festival – ópera – sonata – jazz – recital – música – fuga – interlúdio – improviso – quarteto – serenata – sonata – sinfonia.
4. avenida – artéria – caminho – estrada – via – alameda – rua – passagem – bulevar – atalho – galeria – viela – túnel.
5. solar – castelo – choça – cabana – prédio – iglu – casa de campo – habitação – choupana – apartamento – chalé – bangalô – pavilhão.
6. alacridade – felicidade – contentamento – euforia – arrebatamento – entusiasmo – hilaridade – jucundidade – regozijo – jovialidade – alegria – vivacidade – satisfação – encantamento.
7. ausentar-se – desaparecer – viajar – afastar-se – esquivar-se – fugir – partir – retirar-se – embarcar – abalar – decolar – mudar-se – exilar-se – imigrar – desertar – abandonar – escapar – apartar-se.
8. prazer – cólera – piedade – amor – compaixão – inveja – entusiasmo – afeição – raiva – ciúme – hostilidade – cobiça – egoísmo – sentimento – perturbação – furor – calma.
9. conceber – pensar – meditar – refletir – imaginar – afigurar-se – abstrair – conjeturar – julgar – representar – raciocinar – especular – deduzir – analisar – ponderar – combinar – considerar.
10. contemplar – admirar – examinar – inspecionar – espreitar – olhar – espiar – espionar – vigiar – observar – visar – mirar – fixar – avaliar – encarar – considerar.

...Fim da cronometragem
Tempo empregado: ...   Número de respostas certas: ...

Segunda série

Objetivo: dominar a varredura vertical para localizar a informação.

Percorra rapidamente as três listas a fim de localizar o sinônimo de cada uma das dez palavras apresentadas.

* Exercício 1

Início da cronometragem...

1. irascível – 2. ágil – 3. superficial – 4. esplêndido – 5. acusar – 6. cáustico – 7. ampliar – 8. arranhar – 9. estranheza – 10. exclusivamente.

frágil	inconcebível	unicamente
aumentar	vivo	atribuir
incansável	sufocar	sarcástico
magnético	significativo	magnitude
magnífico	singularidade	vil
oportunista	incriminar	trivolo
irresponsável	inextricável	irregular
maléfico	contestável	interrogar
raspar	irritável	metódico
protocolo	fanático	singular

...Fim da cronometragem
Tempo empregado: ...   Número de respostas certas: ...

Exercício 2

Início da cronometragem...

1. autenticidade – 2. esclarecer – 3. isolamento – 4. convenção – 5. controvérsia – 6. isentar – 7. compacto – 8. irremediável – 9. emaranhar – 10. inteiramente.

passividade	depor	trair
versatilidade	dispersar	vão
decantar	solidão	polêmica
fonética	volubilidade	dedicar
disputar	irrevogável	completamente
versificar	constantemente	dispor
complemento	veracidade	comportamento
política	correntemente	tratado
fanático	traço	trégua
denso	dispensar	confundir

...Fim da cronometragem
Tempo empregado: ...   Número de respostas certas: ...

Terceira série

Objetivo: dominar a varredura diagonal para localizar a informação.
Percorra o texto a fim de encontrar a resposta à primeira questão, depois à segunda etc.
→ Desloque sua guia visual em ziguezague até detectar a frase que você acha que contém a informação.

Início da cronometragem...

Questões

Propositalmente as questões não seguem a ordem do texto: seu olhar se habitua assim a percorrer rapidamente as linhas.
1. Quais os três tipos de jornais apresentados neste artigo?
2. Qual a principal superioridade do historiador sobre o jornalista para evitar os erros?
3. Cite três comportamentos em que não ter opinião revela, na realidade, uma opinião.
4. Quais os nove meios de que o jornalista dispõe para evitar os erros?
5. Quais os dois termos utilizados pelo autor do artigo para qualificar aqueles que devem evitar escolher o jornalismo como profissão?
6. Quais as duas principais fontes de erros no relato de um evento?

As dificuldades da informação

O jornalista é um observador que informa sobre acontecimentos dos quais nem sempre é testemunha direta; ele tem de confiar em informantes – correspondentes, agências e leitores – que, por seu turno, nem sempre são testemunhas diretas do evento e cujas versões costumam ser diferentes. Afirmouse, sobre o jornalista, que ele era o historiador do instante. É uma contradição. O historiador, ao contrário do jornalista, dispõe de todo distanciamento necessário, no espaço e no tempo. Mas, na medida em que pode utilizar testemunhos e documentos à vontade, ele próprio pode enganar-se não apenas quanto à interpretação dos acontecimentos, mas também quanto a seu desenrolar, até mesmo quanto à sua realidade.

Diante da dificuldade que consiste em estabelecer em algumas horas, ou em alguns minutos, a verdade ou a verossimilhança de um fato, um jornal não se mostra desprovido de meios; ele pode e deve multiplicar as fontes de informação, confirmar e verificar as notícias, publicar várias versões, fazer uso – por certo sem dele abusar – do condicional, que não é uma mera formalidade, e, por fim – e sobretudo –, completar ou corrigir quando uma lacuna ou um erro são demasiadamente manifestos.

Se o erro de fato é possível, o erro de julgamento também é. Ambos podem estar substancialmente ligados. O julgamento do jornalista, de todo jornalista, começa no momento em que ele avalia o valor, a significação, o alcance ou simplesmente a realidade de um evento. A partir desse instante, insere-se inevitavelmente um elemento de subjetividade em sua decisão. Se isso não ocorresse, todos os jornais dariam o mesmo lugar e a mesma importância aos eventos, e, num mesmo jornal, todos os redatores concordariam de imediato a cada etapa de sua elaboração: escolha, volume, lugar da informação. No limite, é possível incorporar a fórmula desse professor de jornalismo: a notícia não é um objeto, mas o produto de um julgamento.

O jornal tem outro meio de enfrentar essa dificuldade: publicar o maior número possível de informações sobre o mesmo evento ou sobre eventos diferentes. O risco de erro ou de omissão (de fato ou de julgamento) é então substancialmente menor. O leitor tem a confiança ou a esperança de que nada de importante ou de significativo lhe será dissimulado. A objetividade nasce assim, de certa forma, da abundância das notícias, mas esse esforço pressupõe um volume que não é permitido a todos os jornais.

Há um último meio de enfrentar as dificuldades cotidianas da informação (...) consiste em esperar, para dele falar, que o acontecimento tenha se delineado o suficiente, que esteja acabado em sua duração e em sua forma. Evidentemente, de tanto se aproximar de um evento quente, podem-se queimar os dedos. Mas um jornalismo arrefecido é jornalismo? É mais prudente e mais confortável manter-se a distância e esperar, para apresentar um fato inquietante, exprimir uma verdade cruel, que a opinião pública esteja preparada para recebê-los, pronta a aceitá-los... (...). O jornalismo é a vida, a vida em movimento, apaixonada, perturbadora; os temerosos e os pusilânimes já não têm lugar ou papel nem na vida nem no jornalismo.

Sendo esse esforço de informação mais ou menos realizado, um jornal tem o direito e o dever de emitir uma opinião.

Existem no que se refere a isso três tipos de jornais.

Aqueles que se dizem – ou sobre os quais se diz – de informação e tão-somente de informação. Mas haverá um único que o seja? Pois não ter opinião é ainda ter uma. Não escolher – ou dar a impressão disso – entre o verdadeiro, o verossímil e o falso, entre o que se crê ser o bem ou o mal, entre o significativo e o não significativo, é com efeito ter uma opinião, na maioria das vezes conservadora. Quando um homem ou um país sofrem uma grave injustiça, a indiferença é uma opinião. Quando um crime é cometido, individual ou coletivo, ainda que em nome da razão de Estado, o silêncio é uma opinião. E a mentira por omissão pode ser a pior das opiniões.

Há, ao contrário, aqueles que, estando a serviço de um partido, de uma ideologia, de uma confissão e, *a fortiori*, de um interesse, são sua expressão oficial.

Existem enfim os jornais material e politicamente independentes, que exprimem com liberdade uma opinião mas apresentam antes o maior número possível de elementos de informação e de reflexão.

Pronunciar-se quando uma escolha simples e grave é proposta ao país – ratificação de um tratado, referendo, eleições nacionais – mas depois de ter publicado os documentos, feito eco aos debates e aos pontos de vista mais diferentes: se faz esse esforço, um jornal independente tem o direito de emitir um julgamento que se impõe tanto menos ao leitor na medida em que este disponha de todos os elementos para seu próprio julgamento. Ele tem esse dever, visto que o leitor tem o direito de conhecer a opinião de seu jornal, mesmo que apenas para compará-la com a sua, aprová-la ou rejeitá-la.

Jacques Fauvet, "Difficultés de l'information",
Le Monde, *27 de maio de 1977.*

...Fim da cronometragem
Tempo empregado: ...   Número de respostas certas: ...

O MÓDULO EM ESQUEMAS

Esquema 1: selecionar um livro

Leitor ←——→ Livro
correspondência

A seleção do livro se faz em função da **pertinência do livro com relação às expectativas do leitor** (projeto, tema, conhecimentos anteriores, tempo disponível...), **assim como em função de seu valor**. Algumas vistas-d'olhos a diversos lugares permitem avaliar a correspondência entre o leitor e o livro.

Uma **vista-d'olhos**:

| Na capa = autor, título, editor, coleção |

| Na quarta-capa = apresentação do livro (tema, público visado) + apresentação do autor |

| Na data de publicação |

| No prólogo ou prefácio |

| Na conclusão ou epílogo |

| No sumário |

| No índice |

| Na bibliografia |

| No início e ao fim do primeiro capítulo |

| Na disposição na página = organização, tipografia |

| Em algumas linhas em diversas passagens = estilo, vocabulário, tonalidade |

| No número de páginas |

106 \ Leitura e anotações

Esquema 2: selecionar um texto

Leitor ←——→ Livro
correspondência

Percorra:

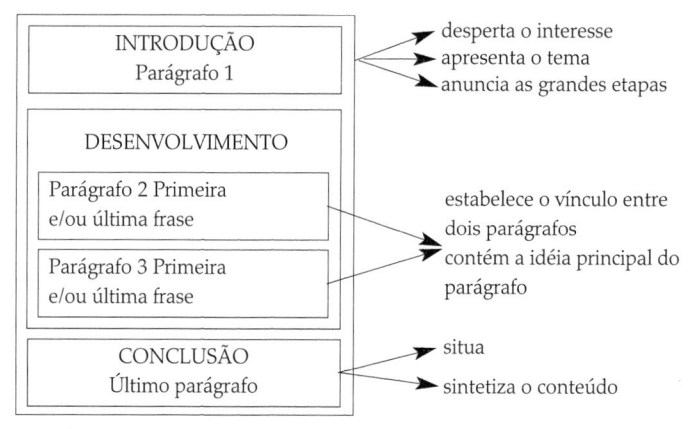

| INTRODUÇÃO
Parágrafo 1 | → desperta o interesse
→ apresenta o tema
→ anuncia as grandes etapas |

DESENVOLVIMENTO

| Parágrafo 2 Primeira
e/ou última frase | estabelece o vínculo entre
dois parágrafos
contém a idéia principal do
parágrafo |
| Parágrafo 3 Primeira
e/ou última frase | |

| CONCLUSÃO
Último parágrafo | → situa
→ sintetiza o conteúdo |

Um leitor estrategista lê as passagens de articulação

Esquema 3: funcionamento de um parágrafo

| Idéia principal +
idéias complementares
(fatos, exemplos,
provas..) | Idéias complementares
(fatos, exemplos...)
→ idéia principal |

Parágrafo construído sobre
uma **estrutura indutiva**

Parágrafo construído sobre
uma **estrutura dedutiva**

MÓDULO 3: REGISTRAR SUAS LEITURAS

No decorrer dos anos de colégio, de universidade, o principal objetivo de suas leituras consiste em estudar, em assimilar novos conhecimentos. Para isso, é necessário que você saiba:
– extrair todo o conteúdo dos textos, das aulas, mediante uma **leitura aprofundada**;
– captar esse conteúdo pelas **anotações** mais adequadas.

Este módulo pretende ajudá-lo a realizar a contento essas operações primordiais.

QUESTIONÁRIO: VOCÊ E AS ANOTAÇÕES

Antes de começar este módulo, verifique suas representações no domínio das anotações.

O que você pensa das seguintes afirmações? Assinale a casa correspondente à sua resposta evitando, o máximo possível, a terceira possibilidade: NS (= Não Sei).

	V	F	NS
1. Existem numerosos meios para fazer anotações.			
2. Nunca se deve escrever em um livro, mesmo que ele lhe pertença.			
3. As anotações permitem uma melhor memorização do que a simples leitura.			
4. Fazer anotações num caderno é a melhor fórmula.			
5. As anotações devem ser feitas ao longo da leitura.			
6. É preferível anotar o máximo de elementos, se possível frases inteiras.			
7. Fotocopiar ou fazer anotações têm o mesmo resultado.			
8. Para revisar uma aula, é preciso relê-la por inteiro.			
9. Para fazer uma exposição, é preferível redigir suas anotações a fim de evitar os buracos de memória.			
10. A disposição das anotações é importante.			

1. A LEITURA APROFUNDADA

1.1
A base de todo estudo

A leitura aprofundada permite analisar o conteúdo de um texto, isto é:

– classificar as grandes partes, a estrutura;
– identificar os elementos de informação;
– apreender as relações que existem entre esses elementos;
– distinguir a importância relativa desses elementos, seu encadeamento.

Por conseguinte, a leitura aprofundada permite "compreender" no sentido etimológico do termo: "tomar em conjunto", depreender os vínculos entre as diferentes idéias, para "fazer seu", assimilar.

1.2
Itinerário em oito etapas

Como realizar uma leitura aprofundada? O itinerário que lhe proponho demonstrou sua eficácia. Você pode inspirar-se nele. Nunca se esqueça, antes de começar, do tempo t-1, da colocação em órbita (ver p. 42). Seu trabalho será efetuado com muito mais facilidade. Esclareça este itinerário recorrendo ao exemplo fornecido na p. 130.

1ª etapa: sobrevoe

Aventurar-se num lugar desconhecido sem dispor de pontos de referência é arriscado. O mesmo acontece quando você aborda um escrito. Se começa a leitura pela primeira palavra, sem ter balizado a pista, você corre o risco de perder-se. É mais pru-

dente obter em primeiro lugar uma visão geral da aula ou do capítulo explorando:
– os títulos, os subtítulos;
– a numeração;
– as ilustrações;
– as palavras destacadas pela tipografia.

Essa percepção global, comparável à que você tem de um avião, mobiliza essencialmente o cérebro direito. É muito tranqüilizadora na medida em que dá a você a sensação, inteiramente justificada, de dominar a situação.

2ª etapa: questione

O sobrevôo lhe permitiu apreender algumas informações. Antes de continuar, enuncie suas expectativas: o que você quer saber? Que informações esse texto lhe fornecerá? Ou ainda: quem, o que, onde, quando, como, quantos, por que, com que objetivo, que provas, que conseqüências, que soluções? (Ver o questionamento proposto na p. 89.) Arrole suas perguntas. Esta estratégia é essencial por duas razões.

Em primeiro lugar, o questionamento contribui para criar uma **atitude mental ativa**. Ele desperta sua curiosidade: você entra no texto, concentrado e motivado, porque procura respostas.

Além disso, se você tem de criar um texto pessoal a partir de suas leituras (dossiê, exposição...), seu espírito está pronto a **filtrar a informação**, a conservar unicamente o que apresenta interesse para seu projeto. Sem questões precisas, tudo pode ser aproveitado: por que não copiar, até mesmo fotocopiar?

Como Aristóteles, autor da frase, já o enfatizava, "Saber formular as questões já é saber pela metade".

3ª etapa: leia

Leia sempre os textos com a intenção de recuperar seu conteúdo. Num primeiro momento, a melhor tática consiste em prosseguir a leitura até o fim sem se deter nas palavras ou nos pontos obscuros. Estes raramente prejudicam a compreensão do que vem a seguir. O abandono provisório apresenta diversas vantagens. Com efeito, o que ocorre neste caso?

– O cérebro pode funcionar segundo seu mecanismo normal, que é completar o que falta. Cada um de vocês sem dúvida se lembra de uma questão de exame à qual não era possível responder quando da primeira leitura e cuja solução lhe pareceu evidente quando a ela voltou um pouco mais tarde.
– Deixando momentaneamente as dificuldades de lado, você as aborda em seguida tendo à disposição mais informações e levando em conta o contexto. Você se acha então mais bem preparado para resolvê-las.
– A tensão diminui, pois você continua a avançar.

Quando sua leitura estiver concluída, você poderá recorrer ao dicionário para procurar o significado das palavras desconhecidas.

4ª etapa: recupere as grandes partes

A fotografia de conjunto obtida quando da primeira etapa já constitui um meio de classificar as grandes partes do texto. Por ocasião do sobrevôo, efetivamente, alguns elementos se distinguem com clareza: títulos, subtítulos, numeração, palavras importantes destacadas...

A divisão em parágrafos se revela igualmente um guia valioso, em particular no que se refere aos textos curtos que não abrangem os elementos mencionados mais acima. Um parágrafo bem formulado é construído em torno de uma idéia principal, fácil de recuperar por situar-se no começo ou no fim do parágrafo (ver p. 87). Essa idéia principal é seguida ou precedida de idéias complementares que têm por função, de acordo com o caso, desenvolvê-la, precisá-la, ilustrá-la com exemplos, com fatos, justificá-la com provas, com argumentos.

5ª etapa: detecte as palavras-chave

- O que se entende por palavras-chave?

São as palavras indispensáveis para compreender e reter a mensagem, as palavras portadoras do sentido principal (as "superpalavras"). Elas canalizam em si uma série de informações e, quando se recorre a elas, desencadeiam o retorno dessa série de informações.

- Como reconhecer as palavras-chave?

Talvez já por sua "vestimenta": as palavras em negrito, por exemplo, são sempre palavras essenciais, logo palavras-chave. Mas outras palavras, não destacadas pela tipografia, também o são. Para compreender o princípio de localização das palavras-chave, imaginemos que você tenha de preparar um telegrama pago por palavra para transmitir as informações contidas nesta frase: "Nós chegaremos domingo às 9 h à estação de Lyon."

O que você destaca? Sem dúvida: "chegaremos domingo 9 h estação Lyon".

Você eliminou as palavras "vazias", necessárias unicamente por respeito à sintaxe, e manteve as palavras "cheias", as palavras significativas. Com efeito, num texto, nem todas as palavras se equivalem: algumas encerram pouca informação, outras, ao contrário, contêm muita informação. As palavras-chave fazem parte dessa segunda categoria. Esses termos, **semanticamente fortes**, são em geral substantivos, verbos, adjetivos.

Você pode também partir da estrutura básica: o par **tema** + **predicado**. O tema, do grego *thema*, "assunto apresentado", é a coisa que o autor fornece em sua afirmação: o sujeito. O predicado, do latim *praedicatum*, "coisa enunciada", é o que o autor afirma: o julgamento que pronuncia a partir do tema.

Exemplo: "A Guiana possui vastas florestas."

O tema, aquilo de que se fala, é a "Guiana"; o predicado, o que se diz a propósito do tema, é "possui vastas florestas".

• Como proceder?

Tendo detectado as palavras-chave, concretize essa localização.

Se o livro ou o documento lhe pertence, indique-as, circunde-as ou, melhor, sobrelinhe-as. A prática do **sobrelinhamento** é muito mais dinâmica do que o sublinhamento que costumamos usar. Este representa uma sobrevivência do processo de leitura linear. Tudo o que pode levar o olhar a antes cobrir uma superfície do que a seguir de maneira linear é aconselhado. Você se libertará assim do palavra por palavra para chegar a uma leitura espacial.

Evite o sobrelinhamento abusivo, sobretudo na primeira leitura. As palavras que impressionam de saída nem sempre são as mais pertinentes, e o sobrelinhamento feito prejudica então as leituras ulteriores que já não são objetivas.

Se o documento não lhe pertence, anote as palavras-chave.

6ª etapa: detecte os conectores de articulação

• O que se entende por conectores de articulação lógica?

Trata-se de palavras ou expressões que não representam idéias como as palavras-chave, mas as organizam. Eles indicam as relações entre os diferentes elementos do texto, balizam o percurso: assim, portanto, entretanto, por um lado, por outro lado (recorra ao quadro que vem adiante). Graças a essas ferramentas, você sabe se o autor desenvolve, compara, deduz, conclui...

• Como detectar os conectores de articulação?

A busca dessas palavras é com freqüência facilitada por sua posição: em geral se encontram no começo das frases ou dos parágrafos.

Em alguns casos, a pontuação desempenha o papel de conector de articulação. Por exemplo, "dois-pontos" anuncia um desenvolvimento ou uma explicação. Encontram-se também expressões completas: "O primeiro ponto abordado será...", "Estudaremos em primeiro lugar..." etc.

• Como proceder?

Uma vez detectados os conectores, sobrelinhe-os com uma cor diferente da das palavras-chave. Você pode também, se o documento não é de sua propriedade, traduzi-los por um sinal matemático como no quadro proposto.

7ª. etapa: evoque

Afastando o texto, procure **recuperar o conteúdo** em seu procedimento mental preferencial.

Você é sobretudo auditivo (cérebro esquerdo predominante)? Reformule o texto com suas próprias palavras.

Você é sobretudo visual (cérebro direito predominante)? Reveja o texto em sua mente, faça-o desfilar como um filme.

Seja qual for o procedimento utilizado, essa evocação mental é essencial. Com efeito, ela lhe permite apropriar-se do texto: retemos melhor o que nos pertence do que o que pertence a outrem. Além disso, ela lhe revela sua taxa de compreensão, de retenção: é a hora da verdade. Se você adquirir o hábito de colocá-la em prática, ela não tardará a dar resultados espetaculares.

Você pode também duplicar a evocação visual por uma evocação auditiva e vice-versa: a memorização será facilitada (ver o módulo de lançamento).

Quadro dos principais conectores de articulação lógica

Conectores de articulação	Função	Sinais passíveis de traduzi-los
Também De outra parte Da mesma forma Além disso Ainda Afora isso Em seguida E Por outro lado Depois Quanto a	Desenvolvem a idéia	Sinal de adição +

Conectores	Função	Sinais passíveis de traduzi-los
Assim Isto é Citemos Notadamente Por exemplo	Precisam ou ilustram a idéia	Sinal de adição +
Assim De igual modo O que Por isso A partir disso Portanto Donde Em conseqüência Logo	Introduzem as conseqüências	Flecha →
Pois Devido a Com efeito Porque Visto que	Indicam as causas ou fornecem provas	Flecha invertida ←
Contudo Em compensação Mas Infelizmente Todavia No entanto Entretanto	Mudam a idéia (oposição) ou a atenuam	Sinal "diferente de" ≠
Assim Portanto Sucintamente, em poucas palavras Em suma Em resumo Finalmente Para concluir	Introduzem a conclusão	Três flechas → → →

Atenção! Alguns conectores de articulação podem ter significações diferentes (exemplos: "assim", "também"). O contexto lhe permitirá perceber a ambigüidade.

8ª etapa: verifique

Volte ao texto para verificação: compare, retifique, complete se houver necessidade. Você evitará assim as desagradáveis surpresas do tipo: "Eu achava que sabia..."

Retome as perguntas formuladas quando da segunda etapa. O texto respondeu a elas? Ainda há pontos obscuros? Esses pontos são importantes? Sim? Nesse caso, consulte outros livros.

Se o livro é seu, não hesite: faça anotações nele. A vantagem de um livro com anotações é que ele se torna seu.

TREINAMENTO

Para não fragmentar demais seu treinamento, os exercícios dedicados à localização das grandes partes de um texto e das palavras-chave estão agrupados no fim da parte seguinte sobre as anotações.

Objetivo: distinguir a idéia principal das idéias complementares, depreender o papel das idéias complementares.

1. Indique, em cada texto, a(s) frase(s) que exprime(m) a idéia principal.
2. Mostre o papel das outras frases, as idéias complementares.

1. Todas as descobertas da ciência, e sobretudo as aplicações práticas daí decorrentes, foram sempre acolhidas com gritos de alegria e de triunfo. Assim, quando os irmãos Montgolfier subiram aos ares por meio de um balão de papel inflado com ar quente; assim, quando se ouviu pela primeira vez, graças ao telefone, a voz humana transmitida a cem quilômetros, um verdadeiro estupor se apoderou das testemunhas dessas maravilhas.

M. Tieche, La Vie et ses problèmes.

2. Há alguns anos, os amigos da natureza propuseram-se como tarefa denunciar as incessantes agressões de que é ela objeto. Agressões ao solo, à atmosfera, às águas, à flora, à fauna... Agressões pela poluição radiativa, pelos inseticidas e pelos herbicidas, pelos hidrocarburetos... Agressões que, seja reduzindo o potencial nutricional do planeta, seja envenenando os alimentos ou o ar respirável, seja rompendo os frágeis equilíbrios naturais, acabarão por voltar-se contra o homem.

J. Rostand, Inquiétudes d'un biologiste, *ed. Stock.*

3. A comunicação entre os cientistas e o público é hoje mais importante do que nunca. A maioria dos grandes problemas da atualidade clama, de perto ou de longe, pelos conhecimentos científicos ou técnicos. Assim, vemos isso ocorrer com a energia, com a informação, com a biologia, com o espaço e com as telecomunicações. Mesmo os grandes temas sociais e econômicos, como o aborto, a fome no mundo, a poluição, a automação ou o crescimento industrial implicam, em essência, um debate técnico.

J. de Rosnay, L'Expansion, *nº 202, 1982.*

2. FAZER ANOTAÇÕES

Depois de ter passado em revista as principais questões que você pode formular-se sobre as anotações, eu lhe apresentarei cinco procedimentos diferentes. Desse modo, você estará em condições de escolher com conhecimento de causa.

2.1
As anotações em perguntas

Quais as fontes das anotações?

São múltiplas:
– anotações a partir de um discurso oral (aula, exposição, conferência...);
– anotações a partir de uma observação (em biologia, em sociologia, em geografia...);
– anotações a partir de seus próprios pensamentos ("Ah, tenho uma idéia...");
– anotações a partir de um escrito.

Neste capítulo, abordaremos principalmente anotações feitas a partir de um escrito, mas as técnicas propostas poderão ser utilizadas com proveito para outras fontes, uma vez que a base é idêntica.

Qual a importância das anotações?

As anotações têm como principal objetivo conservar algo para lutar contra o esquecimento. Elas aliviam o cérebro. Constituem, segundo a expressão de Montaigne, a "memória de papel". Trata-se de poder recuperar o conteúdo do documento a partir das anotações.

Afora as marcas no papel, as anotações são essenciais à aprendizagem. Para convencer-se disso, faça a seguinte experiência. Leia um texto sem fazer nenhuma anotação. Algum tempo depois, procure lembrar-se dele. Leia outro texto, equivalente no plano da dificuldade e da extensão, mas desta vez faça anotações. Num lapso de tempo idêntico, procure igualmente lembrar-se dele. Compare... Você vai perceber que a retenção é claramente superior no segundo caso. Para fazer anotações, você teve, com efeito, de selecionar, desbastar, separar o essencial do acessório. O trabalho intelectual, mais importante do que na simples leitura, acarretou uma melhor memorização.

Tudo isso confirma que, quanto mais a informação é trabalhada, mais ela é assimilada. As anotações são, por conseguinte, uma atividade essencial na apropriação de novos conhecimentos. **Elas facilitam a compreensão e a memorização**.

Para que fazer anotações?

Quero falar das motivações que o levam a fazer anotações. É importante, desde o início, definir seu projeto; a escolha do procedimento depende em grande parte deste último:
– preparar um exame (anotações com vistas à memorização);
– preparar um escrito pessoal (dossiê, relatório, ficha de leitura...);
– fazer uma exposição, conduzir um debate...
O projeto é a bússola que orienta a leitura e a anima.

Quando fazer anotações?

Evite fazer anotações ao longo da leitura. Em primeiro lugar, tome conhecimento da passagem, do texto, do capítulo até o fim. Com efeito, se faz anotações sem ter uma visão geral do documento, você tende a conservar elementos em demasia.

O que anotar?

Você descobriu a maior parte da resposta a esta pergunta na parte anterior (ver p. 113). Trata-se de **conservar o essencial** da mensagem: desbastar os elementos não indispensáveis à compreensão, as palavras "vazias", conservar o tema e o predicado, as palavras-chave.

Você pode, por outro lado, suprimir as redundâncias, isto é, as repetições de uma informação já fornecida sob outra forma. Essas redundâncias, muito numerosas na exposição oral por serem indispensáveis à transmissão da mensagem, existem também nos escritos, em que facilitam a compreensão. O autor anuncia, desenvolve, sintetiza e, nessas três etapas, algumas informações se repetem. Cabe a você escolher a formulação que melhor lhe convém.

- Em que caso anotar palavra por palavra?

A reprodução integral nem sempre deve ser eliminada. Ela é às vezes judiciosa, em particular quando você está diante de:
– definições;
– citações;
– fórmulas sobremodo evocadoras que você deseja conservar sem mudanças; você as colocará entre aspas.

- Devem-se eliminar os exemplos?

A questão é delicada. Embora acumular os exemplos seja inútil, não conservar nenhum pode prejudicar a retenção, em especial se seu procedimento é sobretudo indutivo. É o que acontece sem dúvida se o cérebro direito predomina em você. Portanto, conserve ao menos um exemplo, o mais significativo, o mais evocador para você.

Em caso de enumeração, encontre um termo ou uma idéia que recupere os diversos elementos.

Exemplo: "A televisão, o rádio, a imprensa escrita, o prolongamento da escolaridade apagam pouco a pouco as diferenças de linguagem, fazem desaparecer o falar local, as expressões particulares a uma região ou a um ofício." (V. Fay, *Le Monde diplomatique*, 26 de setembro de 1971.)

A enumeração "A televisão, o rádio, a imprensa escrita" pode ser traduzida pela expressão genérica "meios de comunicação".

Onde fazer anotações?

Prefira as folhas ou as fichas, infinitamente mais manejáveis do que um caderno. Com efeito, elas permitem três operações indispensáveis à atualização de suas anotações:
– retirar uma folha ou uma ficha inválida;
– acrescentar uma folha ou uma ficha com informações novas;
– substituir uma folha ou uma ficha por outra.

Além disso, **escreva num único lado das folhas**. Esta prática apresenta várias vantagens:
– poder abarcar suas anotações com um único olhar, grande vantagem no momento das revisões, da redação...;
– intercalar, se necessário, novas folhas com anotações complementares, esboços, esquemas...;
– poder recortar e colar sem ter de copiar frente e verso.

No alto de cada série de folhas ou de fichas, não se esqueça de anotar as seguintes indicações:
– o tema traduzido por uma ou duas palavras (*exemplo*: meios de comunicação);
– a origem da informação: as referências do documento.

Como fazer anotações?

Você fará anotações depressa e bem utilizando três técnicas básicas: T.A.S.

• Escreva em estilo **T**elegráfico: T.
Destaque unicamente os elementos-chave tal como vimos anteriormente.
Exemplo: "As condições de vida são difíceis na Antártida" = "condições vida difíceis Antártida".

• Utilize **A**breviações: A.
Não se trata de aprender estenografia (do grego *stenos*, "cerrado", e *graphein*, "escrever"), mas de elaborar uma estenografia pessoal que abrevie certas palavras. Quais? As que aparecem com mais freqüência na língua, seja qual for o tema. Você encontrará alguns exemplos a seguir; acrescente a eles suas próprias abreviações. Você também pode empregar abreviações circunstanciais: "I.M." para Idade Média, V para velocidade...* Mas, nesse caso, indi-

....
* O mesmo procedimento pode ser utilizado para outras palavras que contenham "dade" (p. ex. Calamidade: calami//). (N. da R.)

que no começo de suas anotações a significação do código utilizado.

Alguns exemplos de abreviações correntes

atualmente: atual/ (todos os advérbios terminados por "mente" podem ser abreviados dessa maneira). antes: ats qualidade: quali//* também: tb. ou tbém depois: dp. muito: mt. isto é: i.e. como: c. que: q.	desenvolvimento: desenvolvi/o nós: ns por exemplo: p. ex. durante: drnte problema: probl. qualquer: qquer não: ñ* sempre: sp tudo, todo: td trabalho: trab. tanto quanto: tto qto

- Empregue **S**inais ou símbolos: S.

Os sinais utilizados para traduzir os conectores de articulação (pp. 116-7) lhe fornecem uma base. Todos os símbolos inspirados na matemática são valiosos. Mais uma vez, amplie a lista, constitua um código pessoal, sempre o mesmo.

> **Em suma, lembre-se...**
> - As anotações devem ser precedidas por uma leitura aprofundada.
> - As anotações devem permitir recuperar o conteúdo do documento, em sua ausência.
> - As anotações devem reduzir-se consideravelmente com relação ao documento de origem.

....
* O mesmo procedimento pode ser utilizado para outras palavras que contenham "ão" (p. ex. São: s̃). (N. da R.)

2.2
As mil e uma formas de fazer anotações

As situações e os objetivos das anotações são variados; os estilos de aprendizagem também o são, logo, os procedimentos devem ser diversificados. A menos que se trate de um robô, as anotações não são um ritual maquinal sempre efetuado da mesma maneira. Entretanto, isso é o que geralmente acontece, na ausência de aprendizagem. Observe a seu redor...

Além disso, numerosas anotações se apresentam sob a forma de palavras alinhadas uma após outra; nada se destaca senão um ou dois títulos. Se essas anotações lineares podem convir aos cérebros esquerdos, muito verbais, e quanto aos cérebros direitos? Aliás, não é verdade que todo trabalho intelectual precisa de uma inter-relação constante entre os dois hemisférios cerebrais?

Na realidade, existem mil e uma formas de fazer anotações. Vou apresentar cinco métodos, bastante diferentes em sua concepção.

2.3
As anotações estruturadas

Este método é sem dúvida o que menos o surpreenderá. Logo, é por ele que começo.

Como realizar anotações estruturadas

Para chegar a isso, comece por efetuar o itinerário de leitura aprofundada (p. 108). Você pode prolongá-lo por meio das seguintes operações:

• Redija uma ou duas frases que exprimam as idéias de cada parágrafo ou parte.

• Transforme essas idéias em títulos e subtítulos.
A idéia principal será transformada em título. As idéias complementares serão transformadas em subtítulos. Este procedimento, denominado nominalização, exercita na condensação, na síntese da informação.

• Estabeleça o plano do texto.
Escreva os títulos e subtítulos a fim de obter um plano que valorize as relações entre os diversos elementos. Entre os títulos e subtítulos, anote o conector de articulação apropriado. Na maioria dos casos, você pode transcrevê-lo por um símbolo matemático.

Este plano constitui o esqueleto das anotações. Você só precisará, no interior de tal plano, destacar brevemente as informações não contidas nos títulos e subtítulos mas que você julga necessárias à recuperação ulterior do conteúdo. Com muita freqüência, o simples plano bastará.

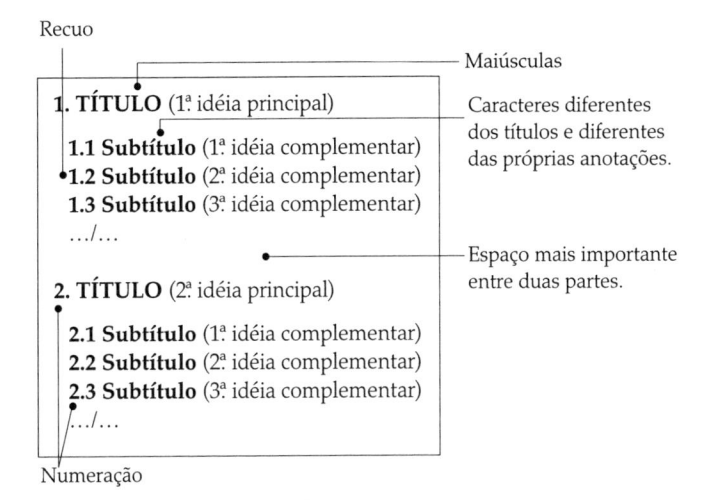

```
Recuo
   ┌─────────────────────────────── Maiúsculas
   │ 1. TÍTULO (1ª idéia principal)         Caracteres diferentes
   │                                        dos títulos e diferentes
   │   1.1 Subtítulo (1ª idéia complementar) das próprias anotações.
   │   1.2 Subtítulo (2ª idéia complementar)
   │   1.3 Subtítulo (3ª idéia complementar)
   │   .../...
   │                                        Espaço mais importante
   │ 2. TÍTULO (2ª idéia principal)         entre duas partes.
   │
   │   2.1 Subtítulo (1ª idéia complementar)
   │   2.2 Subtítulo (2ª idéia complementar)
   │   2.3 Subtítulo (3ª idéia complementar)
   │   .../...
Numeração
```

A disposição das anotações estruturadas é fundamental. Quando se achar diante de uma apresentação que enfatiza a organização das idéias e sua importância relativa, você só precisará de uma vista d'olhos para reconstituir a estruturação.

Pense em utilizar caracteres e cores diferentes para os títulos e os subtítulos; desloque, numere, faça uso do espaçamento.

Em lugar da numeração decimal adotada no plano proposto, você pode optar pelo sistema tradicional.

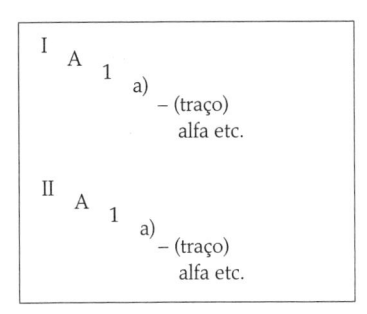

```
I
   A
      1
         a)
            – (traço)
               alfa etc.
II
   A
      1
         a)
            – (traço)
               alfa etc.
```

Exemplo de anotações estruturadas

A informação de massa

No período de um século, da invenção do telégrafo em 1840 ao começo da Segunda Guerra Mundial, todas as bases técnicas de uma moderna informação de massa foram implantadas: telégrafo (1840), rotativa de jornais (1847), telefone (1870), rádio (1922), enfim a televisão (1930). Ao mesmo tempo, a queda dos reinos e dos impérios autoritários colocou em toda parte na moda, se não em vigor, a liberdade de expressão. As condições materiais e políticas da explosão da informação se achavam enfim reunidas e em virtude disso revolucionavam os hábitos de pensamento e os comportamentos. De rara, ela se tornava superabundante; de tardia, instantânea; de onerosa, barata e amiúde gratuita; de falsa... menos falsa.

Enquanto durante séculos o homem informado foi tido por privilegiado, a informação nada mais é, para o cidadão dos países desenvolvidos, que um produto de consumo que ele não hesita em desperdiçar. Se lhe parece ainda um pouco penoso jogar comida fora ou não abrir um livro depois de o ter comprado, ele nem sequer se abala quando o peixeiro embrulha seus arenques num jornal do qual ninguém leu mais que duas colunas. As revistas se empilham sobre as mesas dos assinantes que não dispõem de tempo para folheá-las. Os rádios e as televisões permanecem desligados, na maior parte do tempo, enquanto a torrente de notícias que divulgam só é captada por minorias sucessivas de ouvintes. Mais que um produto, a informação é hoje considerada, tanto quanto a água e a eletricidade, um recurso permanentemente disponível e ao qual só se tem acesso em função das necessidades do momento ou dos próprios hábitos.

Ao mesmo tempo, o preço da informação se tornou irrisório. Pelo valor de uma semana de carne, recebem-se diariamente, durante um ano, dezenas de grandes páginas repletas de artigos. Quanto às notícias difundidas pelo rádio e pela televisão, são gratuitas, visto que se comprou e pagou um aparelho concebido antes de tudo como um instrumento de lazer.

Tendo-se tornado financeiramente um subproduto da publicidade, a informação, desse modo ao alcance de quase todos os bolsos, é a mercadoria moderna mais democrática, já que é a mesma que recebe um ministro ou um bancário. O que os distingue é que o bancário dispõe, se deseja, de mais tempo que o ministro para absorvê-la e refletir sobre ela, mas este último é em geral mais bem preparado para tirar conclusões e servir-se dela (é ao menos o que ainda crê o bancário).

Mas, de todos os progressos, o mais essencial e o mais inacabado reside na qualidade. O hábito de escrever e de registrar, a pesquisa do fato, sua descrição, sua verificação, o nascimento de verdadeiras carreiras ligadas à informação aumentaram ao mesmo tempo sua confiabilidade e as exigências do público. Basta todavia prestar atenção às notícias captadas num único dia para avaliar o alcance limitado desses esforços. Exageros, generalizações, simplificações excessivas, omissões, interpretações incorretas, sem insistir numa infinidade de erros factuais, continuam a deformar as mensagens profusamente difundidas. Essas inexatidões e essas contraverdades são tanto mais perigosas na medida em que a intimidadora estatura dos meios de comunicação leva os consumidores de notícias a supor que o conteúdo está à altura do continente. Da mesma maneira, os erros penetram com mais facilidade em espíritos que não foram, como os de seus avós, formados para duvidar do que lhes era dito. Sem dúvida, a grande maioria das informações é exata se considerada em seu conjunto, ao passo que um século antes a grande maioria era, em contrapartida, errônea. Mas isso só faz tornar mais perigosa a minoria das notícias que permanece falsa e que os leitores, mesmo experientes no ofício, não têm meios de discriminar das outras...

J. L. *Servan-Schreiber*, Le Pouvoir d'informer, ed. R. Laffont, 1972.

1ª etapa: sobrevoe
2ª etapa: questione
3ª etapa: leia
4ª etapa: recupere as grandes partes

Nesse texto, cada parágrafo corresponde a uma parte. O primeiro parágrafo constitui uma introdução que anuncia o tema abordado: a explosão da informação e suas conseqüências. A última frase menciona, na ordem, os diferentes pontos tratados nos parágrafos seguintes.

- Como se reconhece cada parte?
- Graças à disposição em parágrafos.
- Graças à leitura do início dos parágrafos que confirma[1] a pertinência da mudança de alínea. Pergunte-se sempre: trata-se de fato de uma idéia nova? As idéias principais figuram, no texto apresentado, no começo dos parágrafos tal como ocorre com freqüência; a localização das grandes partes é facilitada por esse meio.

O último parágrafo poderia eventualmente ser subdividido em duas partes: por um lado, os progressos realizados pelos meios de comunicação, por outro, os problemas que subsistem. Essa subdivisão não pode ser efetuada materialmente, uma vez que as duas partes estão mescladas. Portanto, escolhi estabelecer o plano considerando o último parágrafo uma única parte. Cabe a você optar pela outra solução se ela lhe parecer mais clara. De todo modo, não se esqueça de indicar a oposição entre progresso e problemas pelo símbolo "≠".

....
1. Ou, em certos textos, invalida...

5.ª etapa: detecte as palavras-chave:

Você pode anotar as próprias palavras ou as idéias que elas representam, isto é, efetuar já uma primeira tradução (exemplo: "começo Segunda Guerra Mundial" = 1939).

- Parte 1 (parágrafo 1)

1840 → 1939 – bases técnicas informação massa implantadas – fim autoritarismo → liberdade de expressão – condições materiais + políticas explosão informação reunidas → revolucionam hábitos pensamento – superabundante – instantânea – barata – menos falsa.

Faça o mesmo trabalho para as outras partes (você poderá recorrer para fins de comparação ao quadro de palavras-chave da página 140).

6.ª etapa: detecte os conectores de articulação lógica

- Parte 1

Ao mesmo tempo (contigüidade) – enfim (no sentido cronológico) – em virtude disso (marca a conseqüência, pode ser traduzido por uma flecha) etc.

7.ª etapa: evoque
8.ª etapa: verifique
9.ª etapa: redija uma ou duas frases que exprimam as idéias de cada parte

10ª etapa: transforme essas idéias em títulos e subtítulos

• Parte 1 (parágrafo 1)
Idéia principal 1: Explosão da informação (a idéia principal é sempre a idéia genérica de todo o parágrafo).
Idéia complementar 1: Progressos técnicos
Idéia complementar 2: Mudanças políticas e liberdade de expressão
Idéia complementar 3: Revolução das mentalidades etc.
Os títulos propostos aqui são títulos informativos. Você pode, para facilitar a retenção, formular títulos mais próximos de títulos jornalísticos, mais vistosos. No entanto, atenção: evite os títulos que, prestando-se a interpretações diversas, podem deformar o conteúdo da mensagem ao longo das releituras.

11ª etapa: estabeleça o plano de anotações estruturadas

1. EXPLOSÃO DA INFORMAÇÃO
          Indica as
 1.1 Progressos técnicos   conseqüências
   +
 1.2 Mudanças políticas e liberdade de expressão
   ↓
 1.3 Revolução das mentalidades Indica o desenvolvimento
   +   da idéia

2. UM PRODUTO DE CONSUMO CORRENTE
  2.1 Outrora, um produto raro
       ≠
  2.2 Hoje, um produto desperdiçado
    2.2.1 Livros e revistas não-abertos
    2.2.2 O jornal-embalagem
    2.2.3 Rádio e televisão desligados
  2.3 Um produto disponível
       +
3. UM PRODUTO POUCO ONEROSO
  3.1 Um produto barato
  3.2 Notícias gratuitas depois da compra do receptor
       +
4. UM PRODUTO DEMOCRÁTICO
  4.1 Uma informação idêntica para todos
  4.2 Uma diferença no nível da utilização
    4.2.1 Tempo dedicado
    4.2.2 Capacidade de análise
       +
5. UM PRODUTO MAIS CONFIÁVEL MAS...
  5.1 Um ofício que se aprende
       +
  5.2 Uma maioria de informações exatas
       ≠
  5.3 Deformação de certas mensagens
    5.3.1 Inexatidões
    5.3.2 Erros
       +
  5.4 Consumidores crédulos
    5.4.1 Consumidores impressionados
    5.4.2 Falta de formação de espírito crítico
       ↓
  5.5 Informações errôneas: atenção perigo

2.4
O plano-esquema ou as anotações em árvore

Como estabelecer um plano-esquema

Este método repousa no mesmo princípio que o método anterior, mas sua disposição enfatiza mais ainda a estrutura das idéias. Além disso, por razões práticas evidentes (uma página não é passível de ampliação...), ele obriga a uma maior concisão.

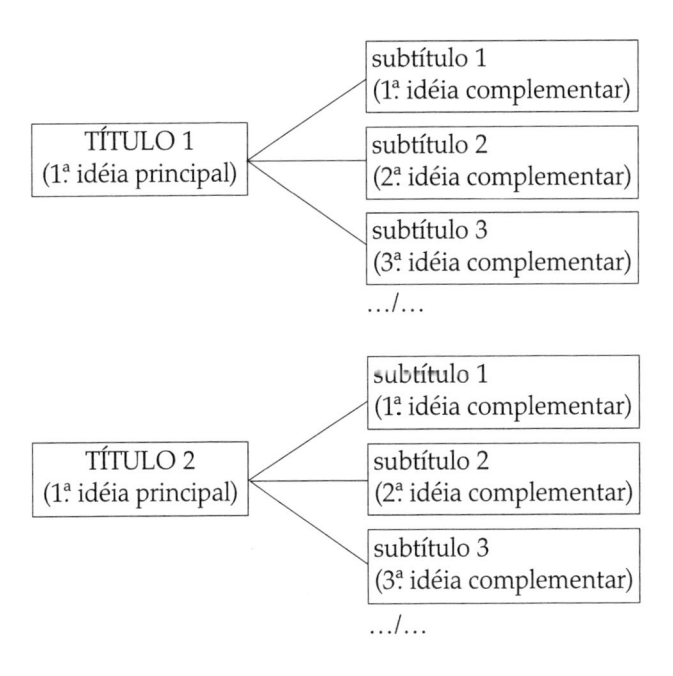

```
TÍTULO 1              ┌─ subtítulo 1
(1ª idéia principal) ─┤  (1ª idéia complementar)
                      ├─ subtítulo 2
                      │  (2ª idéia complementar)
                      └─ subtítulo 3
                         (3ª idéia complementar)
                         .../...

TÍTULO 2              ┌─ subtítulo 1
(1ª idéia principal) ─┤  (1ª idéia complementar)
                      ├─ subtítulo 2
                      │  (2ª idéia complementar)
                      └─ subtítulo 3
                         (3ª idéia complementar)
                         .../...
```

Essas anotações podem também ser feitas utilizando a página no outro sentido:

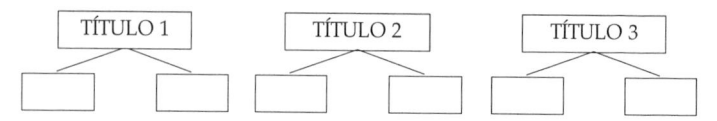

| TÍTULO 1 | TÍTULO 2 | TÍTULO 3 |

Exemplo de plano-esquema (texto da p. 130)

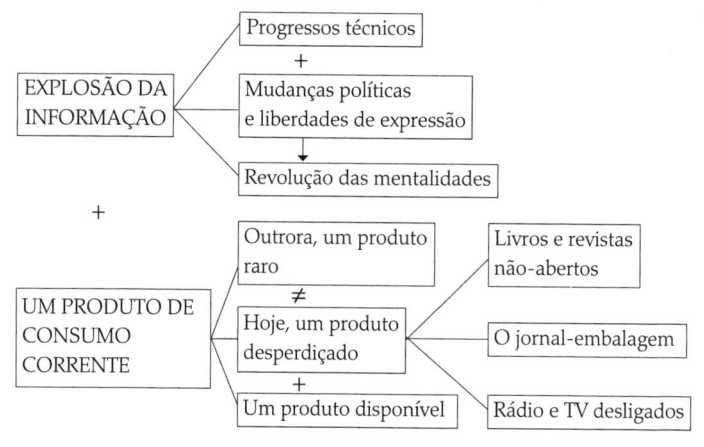

EXPLOSÃO DA INFORMAÇÃO
- Progressos técnicos
- +
- Mudanças políticas e liberdades de expressão
- ↓
- Revolução das mentalidades

+

UM PRODUTO DE CONSUMO CORRENTE
- Outrora, um produto raro — Livros e revistas não-abertos
- ≠
- Hoje, um produto desperdiçado — O jornal-embalagem
- +
- Um produto disponível — Rádio e TV desligados

Termine este esquema recorrendo às anotações estruturadas (pp. 135-6)

2.5
O resumo

O resumo é uma forma de fazer anotações. Os cérebros esquerdos se sentirão à vontade usando-o na medida em que ele se apresenta sob uma forma redigida. Se quer fazer um resumo, você pode estabelecer o plano do texto (ver p. 135). Você dispõe de todos os elementos necessários:

– a disposição evidencia a estrutura do texto;
– as idéias principais e as idéias complementares são identificadas;
– os títulos e subtítulos operam uma primeira redução. Sintetizam as idéias importantes, aquelas que é preciso conservar;
– os símbolos entre as partes indicam as relações entre as idéias.

Basta-lhe praticamente "colocar em frases" este plano para chegar ao resumo. Tente, você ficará surpreso com o resultado.

2.6
O quadro das palavras-chave

Como estabelecer um quadro de palavras-chave

Outra possibilidade consiste em elaborar um quadro de palavras-chave. Você representa verticalmente os diferentes parágrafos ou partes. Para cada um deles, estabelece sucintamente os grupos de palavras-chave depreendidas.

As palavras-chave são os indícios que lhe permitem recuperar as idéias. Percorrendo o quadro, você "relê" rapidamente o texto.

	Palavras-chave 1	Palavras-chave 2	Palavras-chave 3	Palavras-chave 4	.../...
Parágrafo 1 ou parte 1					
Parágrafo 2 ou parte 2					
Parágrafo 3 ou parte 3					
.../...					

Exemplo de quadro de palavras-chave

	Palavras-chave 1	Palavras-chave 2	Palavras-chave 3	Palavras-chave 4	Palavras-chave 5	Palavras-chave 6
§ 1	1840 → 1939	bases técnicas informação de massa implantada	queda autoritarismo → liberdade de expressão	condições materiais + políticas explosão de informação reunidas	revolucionavam hábitos de pensamento	
§ 2	produto de consumo desperdiçado	jornal-embalagem	revistas se empilham	rádios + TV desligados	recurso sempre disponível	
§ 3	impresso preço irrisório	informações audiovisuais gratuitas				
§ 4	democrático	bancários + tempo	ministro = melhor análise			
§ 5	qualidade	verdadeiras carreiras	alcance efeitos limitado	mensagens deformadas	consumidores pouco críticos	informações errôneas perigo

2.7
O esquema heurístico[2]

Como realizar um esquema heurístico

Os métodos anteriores eram métodos seqüenciais: são praticados na ordem linear do texto. A técnica do esquema heurístico é muito diferente. Consiste em situar o tema principal no centro e deixar as idéias se irradiarem, ramificarem-se, a partir desse tema. Dispõem-se as idéias traduzidas por palavras-chave sobre linhas que, por sua vez, são ligadas a outras linhas.

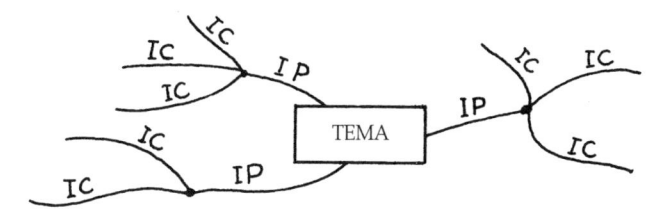

IP = idéia principal
IC = idéia complementar

A importância relativa das idéias aparece claramente: as idéias principais estão perto do centro, as idéias complementares, na periferia. Podem ser utilizadas cores, formas geométricas ou mais fantasiosas para determinar as grandes zonas do esquema,

---
2. A heurística é a ciência das técnicas e dos métodos de invenção, do grego *eureka*, "encontrei".

ESQUEMA

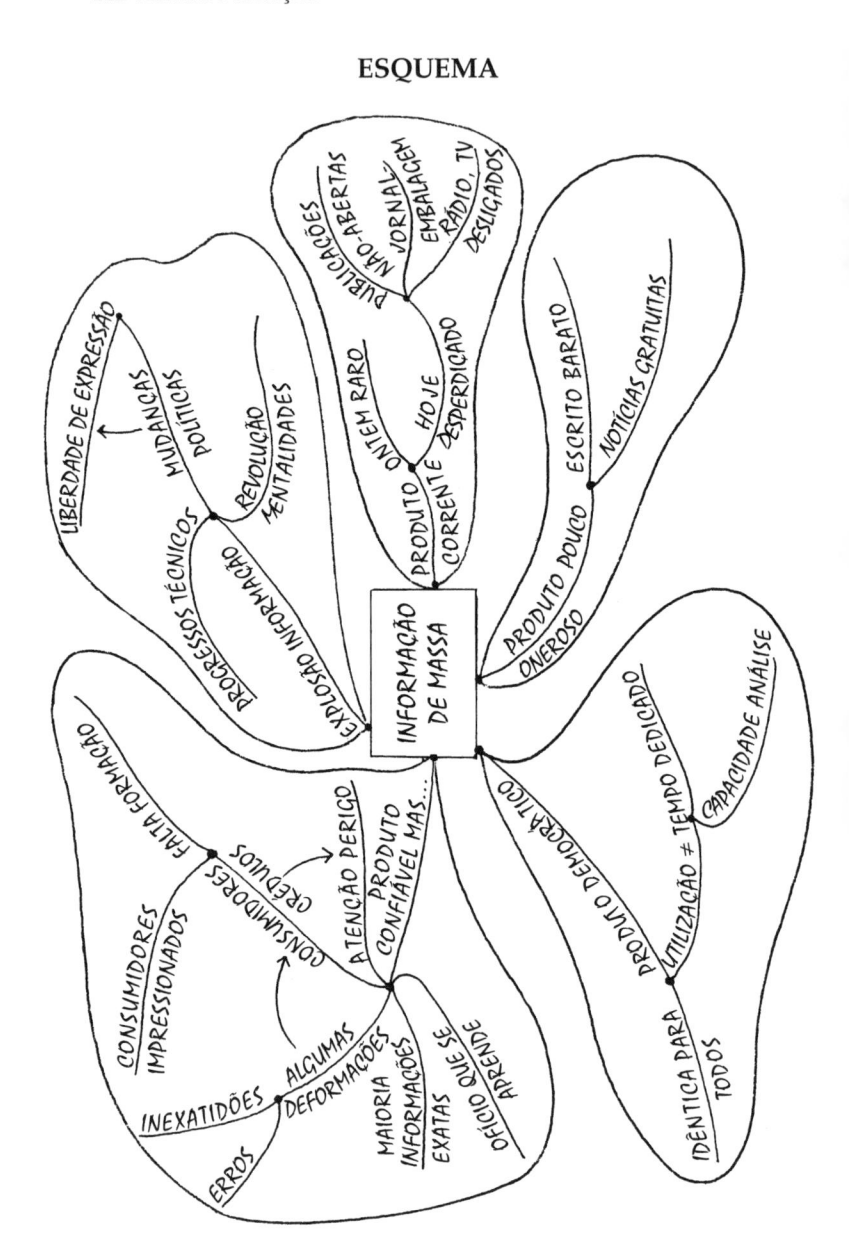

correspondente cada uma a uma parte do texto. Os vínculos entre as idéias que figuram em diversos lugares são assinalados por flechas.

Exemplo de esquema heurístico

Eis um esquema heurístico, ainda referente ao texto da página 130. A cor é muito importante neste tipo de anotações. Infelizmente, o esquema fornecido é em branco-e-preto. Se o livro lhe pertence, não hesite em circundar, sobrelinhar de diferentes cores.

De onde vem o esquema heurístico?

Foi um pedagogo inglês, Tony Buzan, um dos primeiros a utilizar este tipo de esquema ao trabalhar com crianças em situação de fracasso escolar, num bairro desfavorecido de Londres. Os progressos de seus alunos se revelaram espetaculares: compensaram seu atraso e chegaram mesmo a superar a média.

Justificação para o esquema heurístico

1. Esse método **está em conformidade com o funcionamento cerebral**. A configuração dos esquemas não apenas solicita os dois hemisférios cerebrais reunindo essencialmente análise e síntese, como facilita as conexões, as passagens de uma idéia a outra. Ele corresponde ao que os mais re-

centes estudos em neurociências evidenciaram: o cérebro procede essencialmente por combinações interações, e não de um modo linear.
2. Esse método **favorece a memorização**. A proximidade das idéias torna mais fáceis as ligações. Como a memória funciona segundo um processo associativo, a retenção é melhor. Por outro lado, está hoje provado que uma aprendizagem única é insuficiente. Na ausência de reativações, a memória não pode desempenhar seu papel. Ora, é mais rápido revisar a partir de um esquema heurístico do que a partir de anotações lineares, sempre mais extensas.

Além disso, cada esquema é diferente dos outros: a visualização é um meio suplementar de recordação.
3. Este método **favorece a criação**. Os esquemas heurísticos são particularmente valiosos como dispositivo para armazenar informações com vistas à elaboração de um texto original: dossiê, exposição... Com efeito, eles permitem desestruturar a mensagem de origem. É mais fácil em seguida construir sua própria organização.

Cada conceito permanece aberto: você pode sempre acrescentar uma ramificação suplementar a seu esquema. Essa particularidade torna mais fácil a introdução de idéias novas. Não é o que ocorre com a abordagem linear, em que essa operação acarretaria acréscimos ilegíveis.

Apesar de todas essas vantagens, o esquema heurístico sempre surpreende e às vezes choca aqueles que funcionam sobretudo no modo esquerdo, modo – recordemo-lo – particularmente desenvolvido no ensino francês. A cada ano, entretanto, encontro estudantes para quem este esquema é, segundo os termos empregados, uma "verdadeira revelação". Alguns deles me afirmaram que, graças a este procedimento, "entravam" nos textos que, no passado, lhes pareciam rebarbativos. Outros recorreram ao esquema para fazer anotações durante a aula. Seria uma pena não experimentá-lo, mesmo que uma única vez, para saber se lhe convém.

2.8
Que método escolher?

As anotações dependem do projeto

Três grandes possibilidades podem ser apresentadas:

- Memorização

Se você faz anotações com vistas a aprender, a conservar, saiba que a memória é exigente: ela precisa de várias revisões. As curvas de memorização mostram que 80% das informações são esquecidas a partir do dia seguinte. Para que os conhecimentos se ancorem na memória a longo prazo, são necessárias cinco a seis seqüências de reativação.

Quando das revisões, não se trata de reler tudo, mas de rever rapidamente suas anotações. É por isso que anotações que concentram um máximo de informações num mínimo de espaço são inteiramente indicadas. Se você prefere anotações mais densas, percorra unicamente os títulos e subtítulos.

• Documentação com vistas a um escrito pessoal

Se suas anotações constituem uma ponte entre os escritos de outrem e um escrito pessoal, você deve de fato reservar-se a possibilidade de escolher sua estrutura. O que é original numa mensagem que representa o resultado de um trabalho de documentação não são as próprias informações (elas já existiam...), mas a maneira como você as organiza.

Com esse objetivo, anotações estruturadas sem dúvida não seriam uma escolha muito acertada: elas poderiam prejudicá-lo na elaboração de sua própria problemática. Um método eficaz para esse tipo de atividade consiste em preparar uma ficha ou uma folha para cada questão formulada, antes da pesquisa.

Você anotará em cada uma delas as informações com elas relacionadas sob a forma de esquema heurístico ou de frases sintéticas.

• Pontos de referência para uma apresentação oral

Você pode, enfim, preparar anotações que sirvam para uma exposição ou, de modo mais geral, para uma apresentação oral. Evite, neste caso, o resumo: sendo este um texto inteiramente redigido, você tenderia a antes lê-lo que a "dizê-lo". As anotações devem sobretudo ser uma espécie de esboço a partir do qual você desenvolverá suas idéias.

As anotações dependem do documento

Um texto em que a hierarquia das idéias é muito importante é mais adequado às anotações estruturadas do que ao quadro de palavras-chave.

As anotações dependem de sua personalidade

Você é sobretudo cérebro esquerdo? Sua gestão mental, mais auditiva do que visual, ficará sem dúvida à vontade com o resumo, o quadro de palavras-chave.

Você é sobretudo cérebro direito? Sua gestão mental, visual, tem necessidade de anotações cuja disposição e cuja apresentação retenham seu olhar. As anotações estruturadas, o esquema heurístico lhe convirão. Procure utilizar todos os recursos de que você dispõe para enfatizar os elementos importantes: cores, escritas diferentes...

Em suma, lembre-se...
- Informação tratada = informação mais bem assimilada.
- Anotações variadas = anotações eficazes.

TREINAMENTO

Objetivo: saber manejar os diferentes tipos de anotações.

Exercício 1

1. Leia o texto servindo-se do itinerário de leitura aprofundada; pule eventualmente as etapas 5 e 6.
2. Registre as informações efetuando três anotações diferentes:
   a) anotações estruturadas ou um plano-esquema;
   b) um resumo ou um quadro de palavras-chave;
   c) um esquema heurístico.

Um mundo em desequilíbrio

[Na parte precedente, o autor acentuava que a degradação da natureza pelo homem não é um fenômeno novo.]

Na época contemporânea, a situação atinge porém um grau de gravidade até hoje sem igual. O homem da civilização industrial tomou agora posse da totalidade do globo. Assistimos a uma verdadeira explosão demográfica sem equivalente na história da humanidade. Todos os fenômenos em que o homem está envolvido se desenrolam com uma velocidade acelerada e num ritmo que os torna quase incontroláveis. O homem enfrenta problemas econômicos insuperáveis, entre os quais a subalimentação crônica de uma parte da população é apenas o mais evidente. Mas há muitos ainda mais sérios. O homem moderno dilapida despreocupadamente os recursos não renováveis, combustíveis naturais, minerais, o que pode provocar a ruína da civilização atual. Os recursos renováveis, aqueles que extraímos do mundo vivo, são desperdiçados com uma prodigalidade desconcertante, o que é ainda mais grave, dado que isso pode provocar o extermínio da própria raça humana: o homem pode prescindir de tudo, menos de comer. Ele manifesta uma confiança absoluta nas técnicas aperfeiçoadas recentemente. Os progressos realizados na física e na química ampliaram o poder dos instrumentos à nossa disposição numa proporção fantástica. E isso nos incita a prestar um verdadeiro culto à técnica que cremos doravante capaz de resolver todos os nossos problemas sem o auxílio do meio no qual apareceram nossos longínquos ancestrais e no seio do qual viveram gerações numerosas.

Muitos de nossos contemporâneos avaliam a partir disso que têm o direito de destruir as pontes com o passado. Todas as leis que até o presente regiam as relações do homem com seu meio parecem obsoletas. O velho pacto que unia o homem à natureza foi quebrado, pois o homem crê agora possuir poder suficiente para libertar-se do vasto complexo biológico que foi o seu desde que está na Terra.

Jean Dorst, Avant que nature meure,
Ed. Delachaux et Niestlé, 1971.

Algum tempo depois de ter feito os dois exercícios anteriores, procure recuperar o conteúdo dos dois textos recorrendo a suas anotações. De acordo com a qualidade e a quantidade das informações obtidas a partir deste ou daquele tipo de anotações, você escolherá as que melhor lhe convêm.

Exercício 2
Estabeleça as anotações de sua escolha para cada parte ou cada módulo deste livro.
Volte ao questionário da página 108: suas representações sobre as anotações se modificaram?

O MÓDULO EM ESQUEMAS

Esquema 1: itinerário de leitura aprofundada

Sobrevôo	Questiono	Leio integralmente	Recupero as grandes partes
Cérebro direito	Cérebro esquerdo + cérebro direito	Cérebro esquerdo	Cérebro direito
Detecto as palavras-chave	Detecto os conectores de articulação	Evoco auditiva e/ou visualmente	Verifico
Cérebro esquerdo	Cérebro esquerdo	Cérebro esquerdo e/ou cérebro direito	Cérebro esquerdo

Esquema 2: as anotações dependem de três fatores

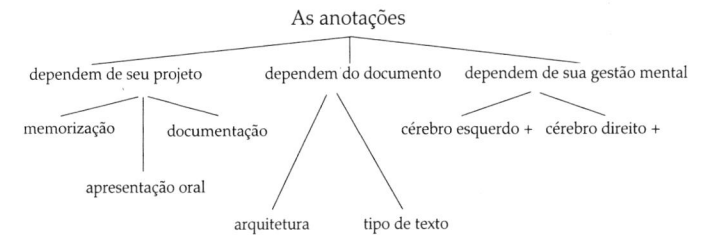

As anotações
- dependem de seu projeto
  - memorização
  - documentação
  - apresentação oral
- dependem do documento
  - arquitetura
  - tipo de texto
- dependem de sua gestão mental
  - cérebro esquerdo + cérebro direito +

Esquema 3: escolha das anotações

Objetivo das anotações	Particularidades das anotações	Métodos possíveis para os cérebros esquerdos	Métodos possíveis para os cérebros direitos	A evitar
Memorizar.	– Anotações sintéticas facilitam revisões rápidas. – Anotações que permitem explorar todo o seu cérebro (neste caso, efetuar um método cérebro esquerdo + um método cérebro direito).	Resumo – Quadro de palavras-chave.	Anotações estruturadas (títulos e subtítulos) – Plano-esquema – Esquema heurístico.	Anotações abundantes sem nenhuma ênfase.
Consignar as informações com vistas a um trabalho escrito.	Anotações que permitem uma estruturação pessoal.	Quadro de palavras-chave.	Esquema heurístico.	Anotações estruturadas ou plano-esquema.
Consignar as informações com vistas a uma apresentação oral.	Anotações = pontos de referência.	Quadro de palavras-chave.	Anotações estruturadas – Plano-esquema.	Resumo.

Soluções

MÓDULO DE LANÇAMENTO: CONHECER-SE MELHOR PARA MELHOR EXPLORAR SEUS RECURSOS INTELECTUAIS

Teste: qual é seu perfil cerebral dominante? (p. 5)
Explicação para a questão 11: Os cérebros esquerdos escolhem habitualmente o lado esquerdo da sala; a tela se acha assim à direita de seu campo de visão, portanto vista por seu olho direito e por seu cérebro esquerdo (ver p. 17). Para os cérebros direitos, é o inverso que ocorre.

Exercício 2 (p. 25)
1 F – 2 V – 3 V – 4 V – 5 F – 6 V – 7 F – 8 V – 9 F – 10 V.

Exercício 3 (p. 26)
1. Cérebro esquerdo (CE) – 2. Cérebro direito (CD) – 3. CE – 4. CD – 5. CD – 6. CE – 7. CD – 8. CD – 9. CD – 10. CE – 11. CE – 12. CE – 13. CD – 14. CE.

Exercício 4 (p. 26)
Eis algumas respostas possíveis, mas, mobilizando seu cérebro direito, você sem dúvida encontrou numerosas outras metáforas.

1. Um autômato, uma mola – 2. Gargântua, o homem de Cro-Magnon – 3. Um filtro, um coador, uma eclusa, um código – 4. Antes um cão ou um gato do que uma tartaruga ou um mosquito... – 5. Chateaubriand, Lamartine, Rimbaud ou qualquer outro escritor, poeta, artista cuja obra reflete as emoções – 6. Um computador, um plano, um gravador – 7. Contabilista, profissão ligada à informática, jurista, biólogo – 8. Hercule Poirot: examina minuciosamente, uns após os outros, os indícios, seu procedimento é analítico, dedutivo – 9. Uma tela, uma câmera, um quadro – 10. Pintor, romancista, cineasta, decorador, publicitário – 11. Columbo, Maigret: eles se impregnam da atmosfera, tentam compreender a psicologia das personagens, determinar seus eventuais motivos; seu procedimento é mais intuitivo do que analítico.

MÓDULO 1: MULTIPLICAR SEU POTENCIAL DE LEITURA

1. A leitura desvelada

Questionário: você e a leitura (p. 30)
1. Falso: o campo de visão permite apreender várias palavras.
2. Falso: os leitores rápidos costumam apresentar uma melhor compreensão.
3. Falso: os leitores rápidos costumam apresentar uma melhor memorização.
4. Falso: a velocidade da leitura sempre pode ser aprimorada.
5. Verdadeiro ou falso. Tudo depende de seu objetivo: se quiser ter uma idéia do conteúdo do livro ou do

texto, você poderá contentar-se em ler os lugares de articulação (ver p. 87); se você desejar analisar o documento, é preferível lê-lo integralmente.

6. Falso: a melhor tática consiste em praticar um rápido sobrevôo dos títulos, dos intertítulos, das palavras enfatizadas pela tipografia (ver p. 109).

7. Falso: é mais acertado prosseguir a leitura até o fim do parágrafo ou do texto e consultar o dicionário num segundo momento (ver p. 111).

8. Falso: voltar atrás é freqüentemente inútil (ver p. 71).

Balanço inicial (p. 31)
1. b – 2. c – 3. a, c, e, g – 4. a, d – 5. b – 6. c.

2. Ler com antecipação *(p. 42)*[1]

1. vira – 2. carrinho – 3. obrigatório – 4. melhores – 5. simples – 6. artigos – 7. no – 8. certas – 9. caminho – 10. alguns – 11. se – 12. como – 13. repleto – 14. de – 15. circulação – 16. distribuidor – 17. visibilidade – 18. uma – 19. de – 20. em – 21. partir – 22. se – 23. represente – 24. dona de casa – 25. gigantes – 26. embalagem – 27. À – 28. com – 29. A – 30. cliente – 31. prestada – 32. portanto – 33. sabem – 34. que – 35. atende – 36. também – 37. os – 38. Numerosas – 39. e – 40. idênticos – 41. encontrava – 42. cores – 43. abonadas – 44. de – 45. hipermercado – 46. produto – 47. que – 48. prateleira – 49. hipermercado – 50. Os.

....
1. Só a palavra do texto de origem é fornecida; todos os sinônimos são evidentemente aceitos.

3. Adquirir um olhar preciso

• *Primeira série*
Exercício 1 (p. 49)
vontade: C 7 – política: D 9 – relação: C 11, D 3 – boca: B 4, D 7 – jornal: A 11.

Exercício 2 (p. 50)
livro: C 8, D 3 – perigo: B 8 – localizar: C 1 – considerável: D 9 – informação: B 4.

• *Segunda série*
Exercício 1 (p. 51)
1. claridade – 2. concentrar – 3. censurar – 4. desperdiçar – 5. importante – 6. exportar – 7. debitar – 8. proibir – 9. expirar – 10. tranqüilizar.

Exercício 2 (p. 51)
1. fértil – 2. fechar – 3. partidário – 4. alargar – 5. elasticidade – 6. explícito – 7. fracasso – 8. credulidade – 9. ativo – 10. amar

4. Adquirir um olhar panorâmico

Exercício 1 (p. 57)
1. A literatura, a psicologia, a matemática, a geografia, a filosofia, a eletrônica.
2. Uma tempestade de granizo, uma cerração densa, um verão tórrido, um outono chuvoso.

Exercício 2 (p. 59)
1. As férias pagas, a Seguridade Social, indenização trabalhista, um seguro-saúde, baixa do dólar, greve dos transportes, benefícios previdenciários.
2. Um romance apaixonante, uma bibliografia, um sumário.

MÓDULO 2: MANEJAR AS ESTRATÉGIAS DE LEITURA SELETIVA

2. Filtrar
Exercício 1 (p. 88)
Eis o texto completo "O saturnismo continua a devastar"

Comumente utilizado até 1948, data de sua proibição, o alvaiade é um carbonato de chumbo muito tóxico para aqueles que o inalam ou o ingerem. Nossos avós pintavam à exaustão suas paredes com tintas que o continham. Com a ajuda da reforma e da restauração, ele desapareceu dos bairros ricos. Mas, em muitos casebres, essas tintas continuam a ser usadas e estão se desintegrando. Atraídas por seu gosto açucarado, as crianças raspam lascas para comê-las. Ou simplesmente levam à boca mãos recobertas de pó de pintura. Um comportamento tanto mais perigoso na medida em que o organismo de uma criança assimila 50% do chumbo que ela ingere, ou seja, cinco vezes mais do que o de um adulto, e na medida em que o metal é tóxico mesmo em doses bem baixas. Em cinco anos, mais de trezentas crianças acometidas pelo saturnismo (praticamente todas de origem estrangeira) foram hospitalizadas em Paris. Um terço delas apresentava encefalopatias graves. E, num conjunto de 1.500 jovens submetidos a diagnóstico, 70% tinham, no sangue, uma taxa de chumbo suscetível de acarretar seqüelas neurológicas a longo prazo.

Prioridade à prevenção

Mas esses números não representam senão a ponta do *iceberg*: um exame sistemático só é praticado em seis distritos de Paris pelos centros de Proteção Maternal e Infantil (*PMI*). Ignora-se tudo acerca da prevalência da doença fora desses seis distritos. Nenhum caso foi ainda notificado no interior. Por não terem sido alertados, muitos pediatras não têm o reflexo de suspeitar de um caso de saturnismo. Seu diagnóstico é muito espinhoso, pois os sintomas se assemelham, no início, aos de patologias banais. Mas, sub-repticiamente, a doença ataca o cérebro da criança. Atingindo as funções de aprendizagem, ela pode levar a uma regressão intelectual e comportamental irreversível. Mesmo quando o diagnóstico é correto, nem sempre é fácil de tratar eficazmente as crianças e de prevenir as recaídas. Os tratamentos em ambiente hospitalar a que são submetidas as crianças mais gravemente atingidas são severos e às vezes inúteis. "Se repetidos, esses tratamentos podem causar danos aos rins", explica o dr. Yves Manuel, encarregado do assunto no Ministério do Meio Ambiente. "Ora, quando, ao sair do hospital, voltam a morar numa habitação insalubre, esses doentes podem sofrer uma recaída. Mesmo no caso de seu apartamento ter sido reformado, eles são às vezes expostos ao chumbo na escadaria ou na moradia dos vizinhos. Tanto que algumas crianças foram submetidas a até 15 tratamentos de desintoxicação!"

O acompanhamento dos pacientes, que é preciso fazer durante vários anos, é dificultoso. Em Paris, as equipes hospitalares estão sobrecarregadas e, como não existe um fichário em nível nacional, aqueles que se mudam para o interior deixam de ser submetidos a esse controle. Como a doença apresenta poucos sinais aparentes, os pais negligenciam levar os filhos a uma consulta e permanecem com muita freqüência insensíveis aos conselhos que médicos e assistentes sociais lhes dão para prevenir a doença (isolamento das superfícies perigosas, higienização freqüente das mãos e das unhas, vigilância estrita das crianças). "Os esforços de informação costumam ser inúteis", enfatiza Yves Manuel. "A maioria das crianças é africana e, em seu país, esse tipo de contato direto com o ambiente é um sinal de despertar que deve ser encorajado." Na associação internacional Accueil Santé, há também certa decepção: "Sente-se nos pais algum fatalismo; eles têm o sentimento de que nada podem fazer para lutar. E, quando os filhos estão doentes, eles tendem mais a dirigir-se ao guru do que ao médico."

O ideal seria, pois, reformar todas as moradias perigosas. De um estrito ponto de vista financeiro, não se trata de uma aberração, dado que cada tratamento de desintoxicação equivale à modesta quantia de 56.000 F.

Mas a tarefa não é fácil. É necessário identificar os imóveis de risco e efetuar trabalhos específicos. Para avaliar os métodos de reforma mais eficazes, duas associações (Migrations Santé e Médecins sans frontières) lançaram no ano passado um programa experimental abrangendo cinqüenta apartamentos em que viviam as crianças mais gravemente atingidas. A ocasião de perceber que a luta contra o saturnismo é um percurso semeado de armadilhas.

Uma série de obstáculos

Para identificar as habitações de risco, é preciso realizar nelas uma dosagem do chumbo. Uma análise bastante completa que requer uma aparelhagem onerosa e só pode ser praticada por laboratórios especializados. Ora, hoje, o Laboratório de Higiene da Prefeitura de Paris já está sobrecarregado.

Para a própria reforma, os meros polimento e raspadura devem ser rejeitados, visto que projetam partículas de chumbo no ar. É necessário efetuar uma desoxidação química com um produto especial, o *Peel Away*. Uma operação longa e delicada que requer uma rigorosa proteção dos trabalhadores. Enfim, durante os trabalhos, que podem estender-se por várias semanas, é preciso realojar os habitantes. As famílias envolvidas na operação-piloto foram acolhidas pela *Accueil Santé*. Mas as possibilidades de albergamento são muito limitadas. "A Prefeitura de Paris oferece alojamentos a 40 km da capital", deplora um médico. Quando o pai é lixeiro e tem de estar às 5 horas da manhã no centro de Paris, o impasse se estabelece." Além disso, as famílias são amiúde objeto de uma recusa dos programas de moradia popular, como explica Vincent Nedelec, diretor de Migrations Santé: "As moradias do tipo F4 ou F5 lhes são inacessíveis, pois os aluguéis são demasiadamente caros. E, uma vez que haja certo número de filhos, eles não querem uma residência menor."

Quem deve assegurar a reforma?

Nos Estados Unidos, o saturnismo é considerado o primeiro problema de saúde infantil, com 500.000 doentes recenseados e 45.000 novos casos por ano. Lá, a luta envolve métodos muito liberais: são os proprietários das habitações insalubres que devem assegurar, à sua custa, os trabalhos de reforma. Uma solução pouco oportuna na opinião de Yves Manuel, encarregado do assunto no Ministério do Meio Ambiente: "Colocados diante dessa obrigação, os proprietários preferem expulsar os inquilinos e revender a uma imobiliária. O problema do realojamento se torna ainda mais crucial." Mesmo parecer tem Philippe Delaroa, diretor do PACTE, o organismo encarregado de reunir os fundos para as operações de reforma: "Não se pode responsabilizar o proprietário por pinturas que com freqüência foram feitas antes de ele comprar seu apartamento. E, além disso, seria preciso exercer um controle muito estrito para assegurar-se de que as reformas são feitas em conformidade com as normas. Acrescente-se a isso que, em alguns apartamentos de que nos ocupamos, nem sequer se encontra o proprietário. Na Goutte d'or, vêem-se espertinhos se autoproclamarem donos dos lugares, embolsarem o aluguel sem intermediários e desaparecerem quando surge um problema. A solução da restauração com financiamentos públicos é, pois, a única viável."

Uma esperança a longo prazo

Se o programa-piloto pôde ser bem-sucedido, isso ocorreu graças à ajuda financeira de numerosos organismos públicos ou privados, notadamente a prefeitura de Paris e a Anah (Agence nationale pour l'amélioration de l'habitat [Agência Nacional pela Melhoria do Hábitat]). Mas a reforma de uma moradia custa no mínimo 50.000 F. E esse tipo de colaboração feita de "migalhas" só é válido para programas limitados. Os poderes públicos, por muito tempo negligentes, estão hoje decididos a reverter a situação. O Ministério da Saúde deseja implantar ações de diagnóstico de grande envergadura. Na ausência de experiência, vão submeter a análises onerosas todas as crianças de risco? Como reconhecer aquelas que realmente estão expostas à doença? Será necessário inspecionar todos os apartamentos de todos os velhos bairros da França para neles detectar o chumbo? Para tentar definir os métodos mais eficazes, um grupo de trabalho acaba de ser formado. Os resultados de suas reflexões só serão conhecidos dentro de alguns meses. Paralelamente, no Ministério da Habitação, decidiu-se que as populações expostas ao saturnismo serão prioritárias, de acordo com o determinado pela lei Besson. Na realidade, dever-se-iam oferecer-lhes moradias adaptadas à sua situação, notadamente em termos de aluguel e de acompanhamento social. Mas essa lei de 31 de maio de 1990 (*J.O.* de 2 de junho) é objeto de planos departamentais que só serão elaborados em junho de 1991.

Nesse ínterim, continua-se a dar aos dossiês um tratamento pontual e a doença continua a devastar. Apesar do alerta dos médicos, os poderes públicos levaram vários anos para tomar consciência da gravidade da situação. Resta esperar que a passagem das boas intenções às ações concretas seja mais rápida.

Fabienne Maleysson,
Que choisir?, *n.º 268, janeiro de 1991.*

3. Localizar

• *Primeira série*
Exercício 1 (p. 96)
1. metal – 2. odor – 3. refeição – 4. brilhar – 5. móvel – 6. medo – 7. correspondência – 8. barulho – 9. arma – 10. intempérie.

Exercício 2 (p. 97)
1. poema – 2. publicação – 3. música – 4. via – 5. habitação – 6. alegria – 7. partir – 8. sentimento – 9. pensar – 10. olhar.

• *Segunda série*
Exercício 1 (p. 99)
1. irritável – 2. vivo – 3. frívolo – 4. magnífico – 5. incriminar – 6. sarcástico – 7. aumentar – 8. raspar – 9. singularidade – 10. unicamente.

Exercício 2 (p. 100)
1. veracidade – 2. decantar – 3. solidão – 4. tratado – 5. polêmica – 6. dispensar – 7. denso – 8. irrevogável – 9. confundir – 10. completamente.

• *Terceira série (p. 101)*
1. Os jornais de informação, os jornais a serviço de uma ideologia, os jornais independentes – 2. O distanciamento – 3. Não escolher, a indiferença, o silêncio, a mentira por omissão (bastavam três respostas) – 4. Multiplicar as fontes de informação, confirmar + verificar as notícias, publicar várias versões, fazer uso do condicional, completar, corrigir o maior número possível de in-

formações sobre os acontecimentos, esperar que o evento esteja delineado – 5. Temerosos, pusilânimes – 6. Erro de fato, erro de julgamento.

MÓDULO 3: REGISTRAR SUAS LEITURAS

1. A leitura aprofundada *(p. 108)*
Texto 1
1. Idéia principal: primeira frase
2. As outras frases ilustram a idéia principal com exemplos introduzidos por "assim".
Texto 2
1. Idéia principal: primeira frase.
2. As outras frases desenvolvem a idéia principal expondo os diferentes tipos de agressão.
Texto 3
1. Idéia principal: primeira frase.
2. A segunda frase fundamenta a idéia principal, explica-a; as outras frases a ilustram com exemplos introduzidos por "assim".

2. Fazer anotações
Exercício 1 (p. 148)
Nota: as idéias complementares do parágrafo 1 indicam as causas da afirmação formulada na idéia principal (primeira frase): a gravidade da situação. As idéias complementares do parágrafo 2 desenvolvem a idéia principal desse parágrafo: o pacto entre o homem e a natureza se rompeu.

a) Anotações estruturadas:

1. UMA SITUAÇÃO MUITO GRAVE
↑
1.1 Onipresença da civilização industrial
+
1.2 Uma explosão demográfica sem precedentes
+
1.3 Aceleração dos fenômenos humanos
+
1.4 Problemas econômicos insuperáveis (ex.: a subalimentação)
+
1.5 Desperdício dos recursos
1.5.1 Recursos energéticos
1.5.2 Recursos alimentares
↓
1.6 Civilização e sobrevivência do homem em perigo
+
1.7 A técnica: um remédio milagroso segundo o homem
1.7.1 Confiança cega
1.7.2 Resolução de todos os problemas
↓ ↓ ↓
2. O HOMEM E A NATUREZA: UM PACTO ROMPIDO
2.1 Leis obsoletas
2.2 Um poder capaz de libertar-se da natureza

Para estabelecer o plano-esquema, apresentar os títulos e subtítulos de acordo com a disposição indicada na página 137.

b) Resumo

A situação atual é mais grave que nunca. Com efeito, a civilização industrial invadiu todo o planeta, a explosão demográfica é sem precedentes, os fenômenos humanos se aceleram num ritmo desenfreado. Por outro lado, o homem enfrenta problemas econômicos insuperáveis tais como a subalimentação. Além disso, ele desperdiça os recursos energéticos e alimentares, pondo assim a civilização em perigo. Não deixa de manter uma confiança cega na técnica capaz, segundo ele, de resolver todos os problemas. Julgando que possuía os meios de dela libertar-se, rompeu o pacto que o ligava à natureza.

c) Quadro de palavras-chave

Em virtude da extensão do parágrafo 1, este quadro é um pouco difícil de fazer no sentido da largura de uma página. Utilize-a sobretudo no sentido do comprimento como fizemos na página seguinte.

Exercício 2 (p. 150)

Os títulos e subtítulos mencionados no livro fornecem a base das diferentes anotações.

PALAVRAS-CHAVE

	palavras-chave 1	palavras-chave 2	palavras-chave 3	palavras-chave 4	palavras-chave 5
	hoje gravidade sem igual	civilização industrial posse de todo o globo	explosão demográfica	fenômenos velocidade acelerada	problemas econômicos insuperáveis
	palavras-chave 6	palavras-chave 7	palavras-chave 8	palavras-chave 9	palavras-chave 10
§ 1	dilapida recursos renováveis e não renováveis	confiança absoluta na técnica	ruína civilização	extermínio raça	culto às técnicas = resolve todos os problemas
	palavras-chave 1	palavras-chave 2	palavras-chave 3	palavras-chave 4	
§ 2	direito destruir pontes	leis obsoletas	pacto rompido	homem pode libertar-se natureza	

168 \ *Leitura e anotações*

d) Esquema heurístico

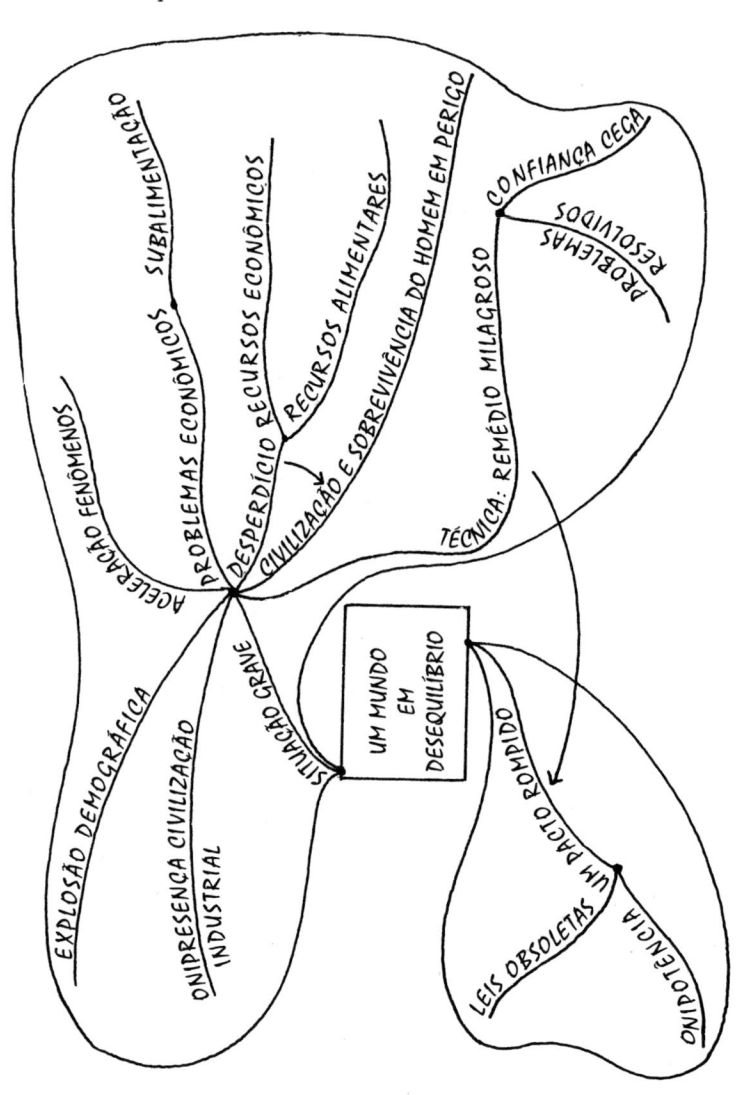

Esquema heurístico
Exercício 2
Eis um exemplo de esquema heurístico sobre as anotações (módulo 3, 2.ª parte)

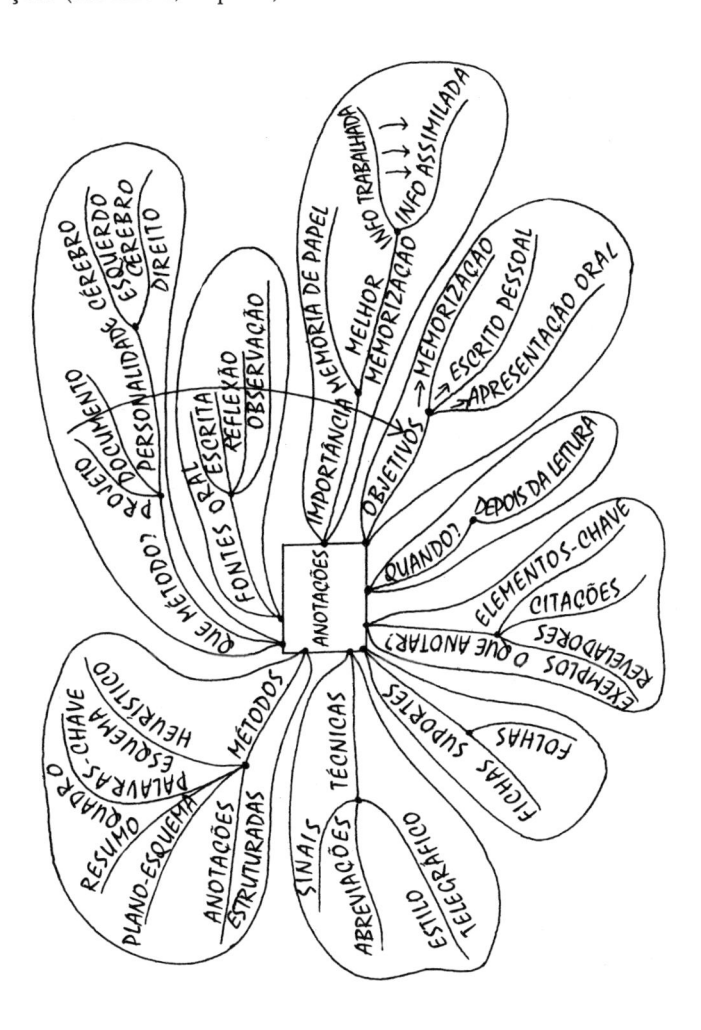

Conclusão

No encerramento deste livro, espero que:
– você tenha descoberto seu funcionamento mental graças ao módulo de lançamento;
– você tenha desenvolvido sua capacidade de leitura graças ao módulo 1;
– você tenha aprimorado suas técnicas de pesquisa graças ao módulo 2;
– você tenha adquirido os métodos que lhe permitam assimilar suas leituras graças ao módulo 3.

Você tem a seu dispor um conjunto de estratégias que o ajudará em seus estudos e em todo o decorrer de sua vida. Explore-o ao máximo.

De minha parte, concebi este livro como um diálogo com você. Você sempre esteve presente diante de mim: nem uma linha foi escrita sem que eu o tivesse em mente. Meu desejo mais profundo é que você tenha sentido essa comunicação que se deu por meio de um escrito.

Obrigada a "meus" estudantes: Annabelle, Karine, Laurent, Yanis... Seu assombro, seu interesse, suas reações ao "curso de metodologia" me levaram a compartilhá-lo com você.

Obrigada a meus filhos. Suas perguntas, por vezes seu desacordo, me fizeram buscar outros caminhos, explorar outras estratégias.

Cromosete
Gráfica e editora Ltda.

Impressão e acabamento
Rua Uhland, 307 - Vila Ema
03283-000 - São Paulo - SP
Tel/Fax: (011) 6104-1176
Email: adm@cromosete.com.br